PAULO COELHO

SİMYACI

O Alquimista, Paulo Coelho

Bu eserin Türkçe yayın hakları Sant Jordi Asociados Agencia Literaria S.L.U. (Barselona, İspanya) aracılığıyla alınmıştır.

www.paulocoelhoblog.com

1. basım: 1996
Resimlendirilmiş 1. baskı: 2014
12. baskı: Haziran 2017, İstanbul
Bu kitabın 12. baskısı 5 000 adet yapılmıştır.

Kapak tasarımı: Utku Lomlu / Lom Creative (www.lom.com.tr)

Baskı ve cilt: Türkmenler Matbaası
Maltepe Mah. Gümüşsuyu Cad. No: 16, Zeytinburnu, İstanbul
Sertifika No: 12584

ISBN 978-975-07-1998-1

CAN SANAT YAYINLARI
YAPIM VE DAĞITIM TİCARET VE SANAYİ A.Ş.
Hayriye Caddesi No: 2, 34430 Galatasaray, İstanbul
Telefon: (0212) 252 56 75 / 252 59 88 / 252 59 89 Faks: (0212) 252 72 33
canyayinlari.com
yayinevi@canyayinlari.com
Sertifika No: 31730

PAULO COELHO

SİMYACI

ROMAN

Çeviri
Özdemir İnce

can

Paulo Coelho'nun Can Yayınları'ndaki diğer kitapları:

Simyacı, 1996

Piedra Irmağı'nın Kıyısında Oturdum Ağladım, 1997

Beşinci Dağ, 1998

Veronika Ölmek İstiyor, 2000

Şeytan ve Genç Kadın, 2001

Işığın Savaşçısının Elkitabı, 2003

On Bir Dakika, 2004

Hac, 2006

Portobello Cadısı, 2007

Kazanan Yalnızdır, 2009

Brida, 2010

Elif, 2011

Akra'da Bulunan Elyazması, 2012

Aldatmak, 2014

Casus, 2016

PAULO COELHO, 1947'de Brezilya'nın Rio de Janeiro kentinde doğdu. Kendini tümüyle edebiyata vermeden önce tiyatro yönetmenliği, oyunculuk, şarkı sözü yazarlığı ve gazetecilik yaptı. 1986'da yayımlanan *Hac* adlı ilk romanının ardından gelen *Simyacı*'yla dünya çapında üne erişti. *Simyacı*, XX. yüzyılın en önemli yayıncılık olaylarından biri oldu, 56 dile çevrildi ve 65 milyon sattı. Coelho, *Brida* (1990) *Piedra Irmağı'nın Kıyısında Oturdum Ağladım* (1994), *Beşinci Dağ* (1996), *Işığın Savaşçısının Elkitabı* (1997), *Veronika Ölmek İstiyor* (1998), *Şeytan ve Genç Kadın* (2000), *On Bir Dakika* (2003), *Zâhir* (2005), *Portobello Cadısı* (2006), *Kazanan Yalnızdır* (2008), *Elif* (2011), *Akra'da Bulunan Elyazması* (2012), *Aldatmak* (2014) ve *Casus* (2016) gibi yapıtlarıyla sürekli olarak çoksatar listelerinde yer aldı. 170 ülkede, 80 dilde yayımlanan kitaplarının toplam satışı 165 milyonu geçti. Bugüne kadar pek çok ödül ve nişana değer görülen Coelho, Birleşmiş Milletler Barış Elçisi ve Brezilya Edebiyat Akademisi üyesidir..

ÖZDEMİR İNCE, 1936'da Mersin'de doğdu. 1960 yılında Gazi Eğitim Enstitüsü Fransızca Bölümü'nü bitirdi. Paris Üniversitesi'ne bağlı Institut des Professeurs de Français à l'Étranger ve Institut de Phonétique'te öğrenim gördü (1965-1966). 1982 yılında TRT'den emekli olduktan sonra Can Yayınları ile Telos Yayıncılık'ta editörlük yaptı. Şiirleri ve eleştirel denemeleri yirmi kadar yabancı dile çevrildi.

Felsefe Taşı'nın gizlerini bilen ve
bunu kullanan simyacı J.ye

"İsa öğrencileriyle birlikte yola devam edip bir köye girdi. Marta adında bir kadın, İsa'yı evinde konuk etti. Marta'nın Meryem adında kız kardeşi, RABB'in ayakları dibine oturmuş, O'nun konuşmasını dinliyordu. Marta ise işlerinin çokluğundan ötürü telaş içindeydi. İsa'nın yanına gelerek, 'YA RAB' dedi, 'Kardeşimin beni hizmet işlerinde yalnız bırakmasına aldırmıyor musun? Ona söyle de bana yardım etsin?' RAB ona şu karşılığı verdi: 'Marta, Marta, sen çok şey için kaygılanıp telaşlanıyorsun. Oysa gerekli olan tek bir şey vardır. Meryem iyi olanı seçti ve bu kendisinden alınmayacak.'"

Yeni Ahit, "Luka", 10:38-42

Öndeyiş

Bir kervancının getirdiği kitabı eline aldı Simyacı. Kapağı yoktu kitabın, ama gene de yazarının kim olduğunu anladı: Oscar Wilde'dı yazar. Kitabın sayfalarını karıştırırken Narkissos'u anlatan bir öyküye rastladı.

Narkissos'un, kendi güzelliğini her gün bir gölün sularında seyretmeye giden bu yakışıklı delikanlının efsanesini biliyordu Simyacı. Bu delikanlı kendi görüntüsüne öylesine vurgunmuş ki, günün birinde göle düşüp boğulmuş. Onun göle düşüp boğulduğu yerde de bir çiçek açmış, bu çiçeğe nergis adı verilmiş.

Ama kendi yazdığı öyküyü böyle bitirmiyordu Oscar Wilde.

Tatlı su gölünün kıyısına gelen orman perileri Oryasların onu bir acı gözyaşı kavanozuna dönüşmüş olarak bulduklarını yazıyordu Oscar Wilde.

"Neden ağlıyorsun?" diye sormuş Oryaslar.

"Narkissos için ağlıyorum?" diye yanıtlamış göl.

"Ne var bunda şaşılacak, demiş bunun üzerine or-

man perileri. Bizler ormanlarda boşu boşuna onun peşinde dolaşır dururduk, ama onun güzelliğini yalnızca sen görebilirdin yakından."

"Narkissos yakışıklı bir genç miydi?" diye sormuş göl.

"Bunu senden daha iyi kim bilebilir ki?" diye karşılık vermiş iyice şaşıran Oryaslar. "Her gün senin kıyılarına gelip sularına bakıyordu!"

Göl bir süre sessiz kalmış. Sonra şöyle konuşmuş:

"Narkissos için ağlıyorum, ama onun yakışıklı olduğunu hiç fark etmemiştim ben. Narkissos için ağlıyorum, çünkü sularıma eğildiği zaman, gözlerinin derinliklerinde kendi güzelliğimin yansımasını görebiliyordum."

"İşte çok güzel bir hikâye," dedi Simyacı.

1. BÖLÜM

Delikanlının adı Santiago idi. Sürüsüyle birlikte eski, terk edilmiş kilisenin önüne geldiğinde güneş batmak üzereydi. Kilisenin çatısı çoktandır çökmüş, bir zamanlar ayin eşyalarının konulduğu yerde kocaman bir firavuninciri büyümüştü.

Delikanlı geceyi burada geçirmeye karar verdi. Bütün koyunlarını yıkık kapıdan içeri soktu. Koyunların, geceleyin kaçmalarına engel olacak şekilde, kapıya birkaç tahta koydu. Bu bölgede kurt falan yoktu, ama bir keresinde bir kaçak koyunu bulmak için, ertesi gün bütün gün dolaşmak zorunda kalmıştı.

Yamçısını yere yayıp üzerine uzandı, okuyup bitirdiği kitabı da yastık olarak başının altına koydu. Uykuya dalmadan önce, artık daha kalın kitaplar okuması gerektiğini düşündü: Okunmaları daha uzun sürer, geceleyin de daha rahat yastık olurlardı.

Uyandığında ortalık hâlâ karanlıktı. Yukarıya baktı, yarı yarıya yıkılmış çatının arasından parıldayan yıldızları gördü.

"Biraz daha uyusaydım," diye düşündü. Bir hafta önceki düşü tekrar görmüş, gene sonunu getiremeden uyanmıştı.

Kalktı, bir yudum şarap içti. Sonra değneğini eline alıp hâlâ uyumakta olan koyunları uyandırmaya başladı. Hayvanların çoğunun tıpkı kendisi gibi uykudan hemen sıyrılıp uyandıklarını fark etti. Sanki gizemli bir güç, iki yıldır, yiyecek ve su peşinde kendisiyle birlikte bütün ülkeyi dolaşıp duran koyunların yaşamına bağlamıştı yaşamını. "Bana öylesine alıştılar ki, saat düzenimi biliyorlar," dedi kendi kendine alçak sesle.

"Bir an daldıktan sonra, tersi de olabilir," diye düşündü. Hayvanların saat düzenine belki de kendisi alışmıştı.

Gene de, uyanması geciken koyunlar da vardı. Adlarını söyleyerek sopasıyla birer birer hepsini uyandırdı. Söylediklerini koyunların anlayabildiğine her zaman inanmıştı. Bundan dolayı, kendisini etkileyen kitapların bazı bölümlerini kimi zaman onlara okur; kimi zaman da kırlarda dolaşan bir çobanın yalnızlığından ya da yaşama sevincinden söz ederdi onlara; kimi de uğramayı alışkanlık haline getirdiği kentlerde gördüğü son yenilikleri anlatırdı.

Ama, önceki günden bu yana, dört gün sonra varacağı kentte yaşayan genç kızdan başka bir konuşma konusu açmamıştı. Bir tüccarın kızıydı söz konusu olan. Önceki yıl, yalnızca bir kez gelmişti buraya. Tüccarın bir kumaş mağazası vardı; alacağı mal konusunda aldatılmamak için, koyunların gözünün önünde kırkılmasını istiyordu. Bu mağazayı ona bir arkadaşı anlatmış, çoban da sürüsünü oraya götürmüştü.

"Biraz yün satmak istiyorum," demişti çoban, tüccara.

Dükkân kalabalıktı, iş yoğundu; bu yüzden, tüccar çobana ikindiye kadar beklemesini söyledi. Bunun üzerine çoban gidip mağazanın önündeki kaldırıma oturdu, heybesinden bir kitap çıkardı.

"Çobanların kitap okuyabildiklerini bilmiyordum," dedi yanı başında bir kadın sesi.

Uzun siyah saçları, eski Magripli fatihleri belli belirsiz anımsatan gözleriyle, tepeden tırnağa tam bir Endülüs kızıydı konuşan.

"Koyunlar kitaplardan daha öğreticidir," diye yanıtladı genç çoban.

İki saatten fazla sohbet ettiler. Endülüs kızı, tüccarın kızı olduğunu söyledi, her günü birbirine benzeyen köy yaşamını anlattı. Çoban, Endülüs kırlarından, uğradığı kentlerde gördüğü son yeniliklerden söz etti. Koyunlarıyla konuşmak zorunda kalmadığı için mutluydu çoban.

"Okumayı nasıl öğrendiniz?" diye sordu genç kız.

"Herkes gibi," diye yanıtladı çoban. "Okulda."

"Peki ama, okuma bildiğinize göre niçin çobanlık yapıyorsunuz?"

Delikanlı bu soruyu yanıtlamamak için duymazlıktan geldi. Vereceği yanıtı genç kızın anlamayacağından emindi. Bu yüzden, yolculuk öyküleri anlatmayı sürdürdü. Genç kızın Magripli küçük gözleri, merak ve şaşkınlıktan kocaman açılıyor, kimi de iyice küçülüyordu. Zaman geçtikçe, zamanın hiç geçmemesini, genç kızın babasının işlerini bitirememesini ve kendisinden üç gün daha beklemesini istemesini dilemeye başladı delikanlı. Şimdiye kadar hiç duymadığı bir şeyler hissettiğini fark etti. Sonsuza dek bir yere yerleşmek istiyordu. Kara saçlı genç kızın yanında, kuşkusuz, günler birbirine benzemezdi.

Ama sonunda tüccar gelip dört koyun kırkmasını istedi. Borcunu ödedikten sonra çobanın ertesi yıl da uğramasını söyledi.

Şimdi bu kasabaya ulaşmak için önünde dört gün vardı çobanın. Heyecandan içi içine sığmıyordu, ama yüreğini koyu bir kaygı da sarmıştı: Belki de genç kız unutmuştu onu. Yün satmak için oraya uğrayan bir yığın çoban vardı.

"Pek önemli değil," dedi koyunlarıyla konuşurken. "Ben de başka yerlerde başka kızlar tanıyorum."

Ama, yüreğinin derinliklerinden biliyordu ki, öyle "Pek önemli değil," diyecek durumda değildi. Çobanların da, tıpkı denizciler ve gezgin satıcılar gibi, kendilerini yeryüzünde başıboş dolaşmaktan vazgeçirtecek birinin yaşadığı bir kente uğrayabileceklerini biliyordu.

+

Günün ilk ışıkları tanyerinden yükselmeye başlarken, çoban koyunlarını gündoğusu yönünde sürmeye başladı. "Hiçbir zaman bir karar vermek gereksinimi duymuyorlar," diye düşündü. "Belki de bu yüzden hep benim yanımda kalıyorlar." Su ve yiyecekten başka bir şeye gereksinim duymuyordu koyunlar. Onların çobanı olarak Endülüs'ün en iyi otlaklarını bildiği sürece, kendisiyle her zaman dost kalacaklardı. Güneşin doğuşu ile batışı arasında eğleşen, uzun saatlerden oluşan günlerin biri ötekinden farklı olmasa da; kısacık yaşamları boyunca tek bir kitap okumasalar, köylerde olup bitenleri anlatan delikanlının insan dilini anlamasalar da. Yiyecek ve suyla yetiniyorlardı ve bu onlar için yeterliydi. Buna karşılık, yünlerini, arkadaşlıklarını ve kimi zaman da etlerini cömertçe sunuyorlardı.

"Günün birinde bir canavara dönüşsem ve tek tek hepsini öldürsem, sürünün hepsini boğazladıktan sonra ancak işin farkına varırlardı," diye düşündü delikanlı. "Çünkü bana inanıyorlar ve artık kendi içgüdülerine güvenmiyorlar. Bu böyle, çünkü onları otlağa ben götürüyorum."

Delikanlı kendi düşüncelerine şaşmaya, onları tuhaf bulmaya başladı. İçinde firavuninciri bitmiş kilise belki de cinli periliydi. Belki de aynı düşü bu nedenle yeniden görüyor ve her zaman sadık dost saydığı koyunlara karşı öfke duyuyordu. Önceki akşam yemeğinden kalma şarabından içti biraz ve yamçısına sarındı. Birkaç saat sonra, güneşin yükselmesiyle artan bunaltıcı sıcaklar yüzünden sürüsünü kırda dolaştıramayacağını biliyordu. Yazın bu saatte bütün İspanya uykuya dalardı. Sıcak, gece ininceye kadar sürerdi, ama bu arada yamçısını yanında taşı-

mak zorundaydı. Her şeye karşın, bu yükten yakınmaya kalkıştığı zaman, sabah ayazını bu yük sayesinde hissetmediğini anımsıyordu kuşkusuz.

"Havanın beklenmedik değişikliklerine karşı koymaya her zaman hazır olmalıyız," diye düşünüyordu o zaman; yamçının ağırlığına katlanmayı minnetle kabul ediyordu.

Yamçının da bir varlık nedeni vardı, tıpkı delikanlının hikmeti vücudu gibi. Orası senin, burası benim Endülüs ovalarını iki yıl dolaştıktan sonra, bölgenin bütün kentlerini ezbere öğrenmişti; yaşamına anlam veren şey gezip dolaşmaktı. Basit bir çobanın neden okuma bildiğini, bu kez genç kıza açıklamak niyetindeydi: On altı yaşına kadar papaz okuluna gitmişti. Ana babası, onun din adamı olmasını istemişlerdi; tıpkı koyunları gibi, yalnızca su ve yiyecek için çalışan yoksul bir köylü ailesi için gurur kaynağıydı böyle bir şey. Latince, İspanyolca ve din bilim okumuştu. Ama, daha küçüklüğünden itibaren dünyayı tanımayı hayal etmişti, Tanrıyı ya da insanın günahlarını öğrenmekten çok daha önemliydi böyle bir şey. Bir akşam, ailesini görmeye giderken, bütün cesaretini toparlayıp babasına rahip olmak istemediğini söyledi. Yolculuk yapmak istiyordu.

"Dünyanın bütün insanları şimdiye kadar bu köyden gelip geçtiler, oğlum," dedi baba. "Burada yeni şeyler aramaya geldiler, ama hiç değişmediler. Şatoyu gezmek için tepeye çıkarlar ve geçmişin günümüzden daha iyi olduğuna karar verirler. Saçlarının rengi ister açık, ister koyu olsun, hepsi de köyümüzün insanlarına benzerler."

"Ama ben, bu insanların geldikleri ülkelerdeki şatoları bilmiyorum," diye yanıtladı delikanlı.

"Bu insanlar, tarlalarımızı, kadınlarımızı görünce, her

zaman burada yaşamak istediklerini söylerler," diye sürdürdü baba.

"Onların geldikleri yerlerin kadınlarını ve topraklarını tanımak istiyorum," dedi oğul bunun üzerine. "Çünkü hiçbiri bizimle kalmıyorlar burada."

"Ama bu insanların cepleri para dolu," dedi baba. "Bizim burada, yalnızca çobanlar başka yerleri görebilirler."

"Öyleyse, ben de çoban olacağım."

Bunun üzerine baba hiçbir şey söylemedi. Ertesi gün, içinde üç eski İspanyol altın lirası bulunan bir kese verdi oğluna.

"Bunları bir gün tarlada bulmuştum. Rahipliğe kabul edilme töreninde kiliseye vermeyi düşünüyordum. Git, kendine bir sürü al ve en iyisinin bizim şatomuz, en güzel kadınların da bizim kadınlarımız olduğunu öğreninceye kadar dünyayı dolaş."

Ve baba, oğlunu kutsadı. Delikanlı, babasının gözlerinde de dünyayı dolaşma isteğinin bulunduğunu gördü. Her gece uyumak, yemek ve içmek için hep aynı yerde kalarak yıllarca kurtulmaya çalışmış olmasına karşın, hâlâ canlı kalan bir istekti bu.

Ufuk kızardı, sonra güneş göründü. Delikanlı, babasıyla yaptığı konuşmayı anımsadı ve kendini mutlu hissetti; daha şimdiden birçok şato, birçok kadın tanımıştı (ama bu kadınlardan hiçbiri, iki gün sonra göreceği kadının eline su bile dökemezdi). Bir yamçısı, bir başkasıyla değiştokuş edebileceği bir kitabı ve bir sürüsü vardı. Bununla birlikte, en önemlisi, her gün yaşamının büyük düşünü gerçekleştiriyordu: Geziyordu. Endülüs ovalarından bıkınca koyunlarını satıp denizci olabilirdi. Denizden usandığı zaman da birçok kent, birçok kadın tanımış, birçok mutluluk olanağı yaşamış olurdu.

"Papaz okuluna, Tanrı'yı aramaya nasıl gidebilirim?" diye düşündü, doğan güneşe bakarak. Bunun olası olduğu durumlarda, bir yolunu bulup bir başka yolculuğa çıkıyordu. Buradan kaç kez geçmiş olmasına karşın, bu harap kiliseye kadar hiç gelmemişti. Dünya büyüktü, sonu gelmiyordu. Kısa bir süre de olsa, koyunlarının kendisine yol göstermesine izin verse, sonunda bir yığın ilginç şey keşfederdi. "Sorun şu ki, her gün yeni bir yere gittiklerinin farkına varmıyorlar. Otlakların değiştiğini, mevsimlerin birbirine benzemediğini anlamıyorlar. Çünkü yiyecek ve sudan başka bir kaygıları yok."

"Belki de herkes için durum böyledir," diye düşündü çoban. "Tüccarın kızına rastladığımdan bu yana başka bir kadın düşünmeyen benim için bile."

Gökyüzüne baktı. Hesaplamalarına göre, öğle yemeğinden önce Tarifa'da olacaktı. Orada, kitabını daha kalın bir kitapla değiştirebilir, şişesini şarapla doldurur, saç sakal tıraşı olabilirdi; kızın yanına gitmeden önce iyice hazırlanmalıydı. Daha fazla koyunu olan bir başka çobanın, kendisinden önce davranıp genç kıza talip olma olasılığını düşünmek bile istemiyordu.

"Bir düşü gerçekleştirme olasılığı yaşamı ilginçleştiriyor," diye düşündü, güneşin durumuna tekrar bakıp adımlarını hızlandırarak. Tarifa'da düş yorumcusu bir yaşlı kadının yaşadığını anımsamıştı. Daha önce bir kez görmüş olduğu bu düşü, bu gece de görmüştü.

+

Yaşlı kadın, delikanlıyı evin arkasındaki bir odaya götürdü, odayı salondan rengârenk bir plastik perde ayırıyordu. Odada bir masa, bir "İsa'nın Kutsal Yüreği"[1] tasviri ve iki sandalye vardı.

Yaşlı kadın oturdu, delikanlıya da oturmasını söyledi. Sonra delikanlının iki elini ellerinin arasına aldı ve usulca dua etmeye başladı.

Söyledikleri bir çingene duasına benziyordu. Şimdiye kadar, dolaşırken bir yığın çingeneye rastlamıştı. Bu insanlar da dolaşıyorlardı, ama koyunlarla ilgilenmiyorlardı. Söylenenlere bakılırsa, bir çingenenin işi gücü durmadan insanları aldatmaktı. Şeytanla anlaşma yaptıkları, çocukları kaçırıp gizli barınaklarında bunları köle gibi kullandıkları da söyleniyordu. Genç çoban, çocukken,

1. İsa'nın Tanrı sevgisinin simgesi. (Ç.N.)

çingeneler tarafından kaçırılmaktan korkmuştu her zaman. Yaşlı kadın ellerini tutunca bu eski korkuyu anımsadı delikanlı.

"Ama burada 'İsa'nın Kutsal Yüreği' tasviri var," diye düşündü, kaygılarından kurtulmak isterken. Elinin titremeye başlamasını, yaşlı kadının da onun bu ürküntüsünü fark etmesini istemiyordu. Sessizce bir "Tanrı Babamız" duası okudu.

"İlginç..." dedi yaşlı kadın, gözlerini delikanlının elinden ayırmaksızın. Ve tekrar sustu.

Delikanlı, giderek sinirlendiğini hissediyordu. Ama elinin titremesine engel olamadı ve yaşlı kadın fark etti bunu. Hemen ellerini çekti kadının ellerinden.

"Buraya el falına baktırmak için gelmedim," dedi. Bu eve geldiği için artık pişmanlık duyuyordu. Bir an, kadına ücretini ödemenin ve hiçbir şey öğrenmeden buradan ayrılmanın daha iyi olacağını düşündü. Ne var ki, üst üste gördüğü aynı düşün ne anlama geldiğini öğrenmek çok önemliydi onun için.

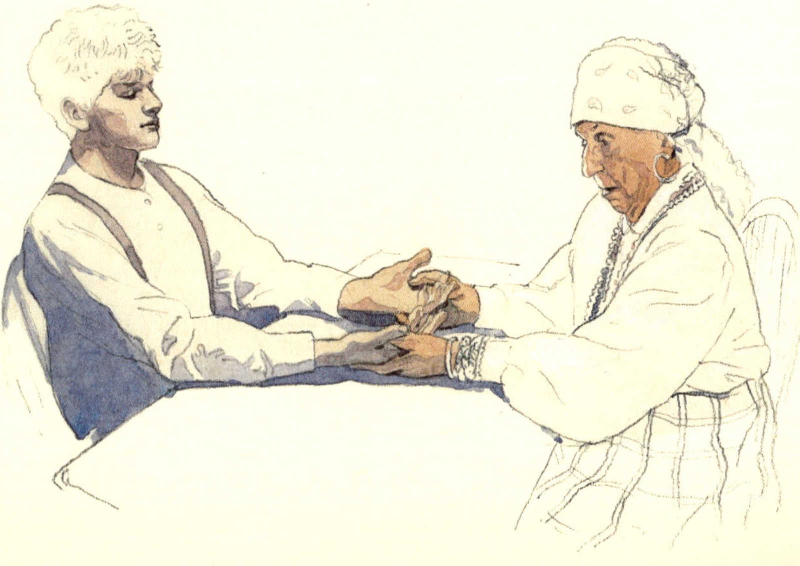

"Gördüğün düşler hakkında bilgi almaya geldin," dedi bunun üzerine yaşlı kadın. Ama düşler, Tanrı'nın diliyle konuşurlar. Tanrı dünyanın diliyle konuşursa bunun yorumunu yapabilirim. Ama senin ruhunun diliyle konuştuğu zaman bunu yalnızca sen anlayabilirsin. Gene de danışma ücreti ödeyeceksin bana.

"Gene bir dalavere," diye düşündü delikanlı. Her şeye karşın, tehlikeyi göze almaya karar verdi. Bir çoban, kurt ya da kuraklık tehlikesiyle her zaman karşı karşıyadır; ama, çobanlık mesleğini çekici kılan da budur zaten.

"Aynı düşü iki kez üst üste gördüm. Koyunlarımla bir otlaktaydım. Derken bir çocuk göründü ve koyunlarla oynamaya başladı. İnsanların koyunlarımla oynamasından pek hoşlanmam; tanımadıkları insanlardan korkarlar. Ama kendileriyle oynamaya gelen çocuklardan korkmazlar. Neden bilmem. Hayvanların, insanların yaşını bilmeleri şaşırtıcı bir şey."

"Sözü gördüğün düşe getir," dedi yaşlı kadın. "Ateşte tencerem var. Hem zaten fazla paran da yok, bütün zamanımı alamazsın."

"Çocuk bir süre koyunlarla oynuyor," diye sürdürdü konuşmasını çoban, biraz sıkıntıyla. "Ve birden elimden tutuyor, beni Mısır piramitlerine götürüyor."

Yaşlı kadının Mısır piramitlerinin ne olduğunu bilip bilmediğini anlamak için bir an sustu. Ama kadın sessizliğini bozmadı.

"Sonra, Mısır piramitlerinin –yaşlı kadının iyice anlaması için bu sözcükleri tane tane söylüyordu– önünde, çocuk bana, 'Buraya gelirsen, gizli bir hazine bulacaksın,' diyor. Ve tam bana hazinenin yerini göstereceği sırada uyanıyorum. İki kez oldu."

Yaşlı kadın bir süre sustu. Sonra, delikanlının ellerini tuttu, dikkatle inceledi.

"Artık senden para istemiyorum," dedi sonunda. "Ama hazineyi bulacak olursan onda birini isterim."

Delikanlı gülmeye başladı. Sevinçten gülüyordu.

Böylece, gördüğü hazine düşleri sayesinde, cebindeki pek az parayı da harcamamış oluyordu! Bu yaşlı kadın gerçekten bir çingene olmalıydı. Çingeneler biraz tuhaftırlar.

"İyi de, nasıl yorumluyorsunuz bu düşü?" diye sordu delikanlı.

"Önce yemin edeceksin. Sana söyleyeceklerime karşılık, hazinenin onda birini bana vereceğine dair yemin edeceksin."

Delikanlı yemin etti. Yaşlı kadın, gözlerini "İsa'nın Kutsal Yüreği" tasvirinden ayırmaksızın tekrarlamasını istedi.

"Dünya Dili'nde bir düş bu," dedi ardından. "Bunu yorumlayabilirim, ama çok zor bir yorum. İşte bu yüzden bana vereceğin paya değer."

"Yorumum şöyle: Mısır piramitlerine gitmelisin. Neyin nesidir bunlar bilmiyorum, ama bir çocuk gösterdiğine göre, gerçekten vardır bunlar. Orada bir hazine bulup zengin olacaksın."

Delikanlı önce şaşırdı, sonra öfkelendi. Bu kadar az bir şey için bu cadı karıya gelmesi gerekmezdi. Ama, para ödemek zorunda olmadığını anımsadı.

"Eğer buysa bunun için vakit kaybetmeye değmez," dedi.

"Hadi canım! Sana, gördüğün düşü yorumlamanın zor olduğunu söylemiştim. Basit şeyler, en olağanüstü şeylerdir ve yalnızca bilginler anlayabilirler bunları. Bir bilgin olmadığım için, başka şeyler de bilmem gerekiyor: El falına bakmak, mesela."

"Peki, nasıl gideceğim Mısır'a?"

"Ben yalnızca düşleri yorumluyorum. Bunları gerçeğe dönüştürecek gücüm yok benim. Bu yüzden de kızlarımın bana verdikleriyle yaşamak zorundayım."

"Ama ya Mısır'a varamazsam?"

"Eh, o zaman bir şey ödemezsin bana. Zaten ilk kez olmayacak."

Ve yaşlı kadın bu sözlerine hiçbir şey eklemedi. Delikanlıdan gitmesini istedi. Çünkü onunla epeyce zaman kaybetmişti.

+

Çoban, falcının yanından hayal kırıklığı içinde ayrıldı; bir daha asla düşlere inanmamaya karar vermişti. Bu arada yapacak bir yığın işi olduğunu anımsadı: Önce gidip karnını doyurdu, kitabını daha kalın bir kitapla değiştirdi ve yeni satın aldığı şarabı rahatça içmek için kasabanın alanına gidip bir sıraya oturdu. Sıcak bir gündü, ama şarap o akıl sır ermez gizemiyle çobanın içini biraz serinletti. Koyunlar, yeni edindiği bir dostun kent girişinde bulunan ağılındaydılar. Bu yörelerde bir yığın arkadaşı vardı – ve bu da yolculuk yapmayı neden bunca sevdiğini açıklıyor. Her gün birlikte olmak gereksinimi duymaksızın, insan her zaman yeni dostlar edinir. Papaz okulunda olduğu gibi, insan her zaman aynı insanları görürse, bunları yaşamının bir parçası saymaya başlar. İyi, ama bu kişiler de bu nedenle, yaşamımızı değiştirmeye kalkışırlar. Bizi görmek istedikleri gibi değilsek hoşnut olmazlar, canları sıkılır. Çünkü, efendim, herkes bizim nasıl yaşamamız gerektiğini elifi elifine bildiğine inanır.

Ne var ki, hiç kimse kendisinin kendi hayatını nasıl yaşaması gerektiğini kesinlikle bilmez. Tıpkı şu, düşleri gerçeğe dönüştürmeyi beceremediği halde düş yorumculuğuna kalkışan cadı gibi.

Koyunlarını alıp kırlara açılmadan önce güneşin alçalmasını beklemeye karar verdi. Üç gün sonra tüccarın kızını görecekti.

Tarifa papazından aldığı kitabı okumaya başladı. Kalın bir kitaptı, daha ilk sayfada bir cenaze törenini anlatıyordu. Ayrıca, kahramanlarının adları da son derece karmaşıktı. "Günün birinde bir kitap yazacak olursam," diye düşündü, "okurları, kahramanların adlarını bir anda öğrenmek zorunda bırakmamak için onları teker teker sunacağım."

Okumaya iyice daldığı sırada (cenaze karda gömüldüğü ve bu da yakıcı güneşin altında serinlik duygusu uyandırdığı için hoşuna gidiyordu okuma), yaşlı bir adam gelip yanına oturdu ve onunla konuşmaya başladı:

"Bu insanlar ne yapıyorlar?" diye sordu yaşlı adam, alandan geçenleri göstererek.

"Çalışıyorlar," diye yanıtladı çoban, soğukça ve okuduğu kitaba kendini iyice kaptırmış gibi. Aslında, tüccarın kızının önünde koyunlarını kırktığını ve kızın da çobanın nasıl yaman biri olduğuna gözleriyle tanıklık ettiğini hayal ediyordu. Bu sahneyi daha önce onlarca kez hayal etmişti. Koyunların arkadan öne doğru kırkılmaları gerektiğini genç kıza anlatmaya başlayınca onun kendisini, kendinden geçercesine dinlediğini gözünün önüne getiriyordu her zaman. Bir yandan koyunları kırkarken, bir yandan da genç kıza anlatacak ilginç öyküler anımsamaya çalışıyordu. Bunlar çoğunlukla kitaplarda okuduğu öykülerdi, ama o bunları sanki kendisi yaşamışçasına anlatıyordu. Genç kız okuma bilmediği için işin aslını hiçbir zaman öğrenemeyecekti.

Ne var ki, direndi yaşlı adam. Yorgun ve susamış olduğunu söyledi ve bir yudum şarap içmek istedi. Delikanlı şişeyi verdi ona; belki kendisini rahat bırakır, diye düşündü.

Ama yaşlı adam mutlaka gevezelik etmek istiyordu. Çobana, okumakta olduğu kitabın nasıl bir şey olduğunu sordu. İçinden adama kaba davranıp oturduğu sırayı değiştirmeyi geçirdi, ama babası ona yaşlı insanlara karşı saygılı olmayı öğretmişti. Bunun üzerine kitabı yaşlı adama uzattı. Bunu iki nedenden dolayı yaptı: Birincisi, kitabın adını iyi söyleyemiyordu; ikincisi, yaşlı adam okuma bilmiyorsa, küçük düşmemek için kendisi sıra değiştirmek isteyecekti.

"Hımm!" dedi yaşlı adam, sanki tuhaf bir nesneymiş gibi, bütün dikkatiyle incelerken. "Önemli bir kitap, ama çok sıkıcı."

Çoban çok şaşırdı. Demek yaşlı adam da okuma biliyordu ve bu kitabı daha önce okumuştu. Onun dediği gibi sıkıcı bir kitapsa, değiştirmek için hâlâ zamanı vardı.

"Bütün kitaplar gibi aynı şeyden söz eden bir kitap," diye sürdürdü konuşmasını yaşlı adam. "İnsanların kendi yazgılarını seçmek şansından yoksun bulunduklarından söz ediyor. Ve sonunda da, dünyanın en büyük yalanına inandığını söylüyor."

"Peki dünyanın en büyük yalanı ne?" diye sordu delikanlı, şaşkınlık içinde.

"Ne mi? Hayatımızın belli bir anında, yaşamımızın denetimini elimizden kaçırırız ve bunun sonucu olarak hayatımızın denetimi yazgının eline geçer. Dünyanın en büyük yalanı budur."

"Benim için böyle olmadı," dedi delikanlı. "Rahip olmamı istiyorlardı, ben kendim çoban oldum."

"Böylesi daha iyi," dedi yaşlı adam. "Çünkü sen gezmeyi seviyorsun."

"Düşüncelerimi okuyor," diye geçirdi içinden Santiago. Bu sırada, pek öyle umursamadan kalın kitabın sayfalarını karıştırıyordu yaşlı adam. Çoban onun giysilerinin tuhaflığını fark etti; Arap'a benziyordu, ama bu yörelerde olağanüstü bir şey değildi bu. Tarifa'dan ancak birkaç saat uzaktaydı Afrika. Çoğu zaman kente alışveriş yapmak için Araplar gelirdi; günde birkaç kez tuhaf hareketler yaparak dua ettikleri görülürdü.

"Neredensiniz?" diye sordu delikanlı.

"Birçok yerden."

"Kimse birçok yerden olamaz," dedi delikanlı. "Ben bir çoban olarak değişik yerlerde bulunabilirim, ama aslım bir yerdendir: Çok eski bir şatosu olan bir kent. Orada doğdum."

"Peki, diyelim ki, ben de Şalem'de[1] doğdum."

Çoban, Şalem'in nerede olduğunu bilmiyordu, ama bilgisizliğinden dolayı küçük düşmemek için de soru sormak istemiyordu. Bir süre alana baktı. İnsanlar gidip geliyor, işleri başlarından aşkınmış gibi görünüyorlardı.

"Nasıl bir yer Şalem?" diye sordu sonunda, bir ipucu yakalamak için.

"Her zamanki gibi, her zaman nasılsa öyle."

Doğrusu bir ipucu değildi yanıtı. Ama en azından Şalem'in Endülüs'te bulunmadığını biliyordu. Yoksa, bilirdi bu kenti.

"Peki, ne yapıyorsunuz Şalem'de?"

"Şalem'de ne mi yapıyorum?" Yaşlı adam ilk kez kahkahayla gülmeye başladı. "Şalem kralıyım ben, ne soru!"

1. "Esenlik" anlamına gelen ve Kutsal Kitap'ta adı geçen bir kent. (Ç.N.)

İnsanlar bir yığın acayip şey söylüyorlar. Bazen, koyunlarla birlikte yaşamak çok daha iyi, konuşmaz koyunlar, yiyecek ve su aramaktan başka bir şey yapmazlar. Ya da kitaplar, dinlemek isterseniz size ilginç öyküler anlatır kitaplar. Ama insanlarla konuşurken durum başka, öylesine tuhaf şeyler söylerler ki, konuşmayı nasıl sürdüreceğinizi bilemezsiniz.

"Benim adım Melkisedek,[1]" dedi yaşlı adam. "Kaç tane koyunun var?"

"Yeteri kadar," diye yanıtladı çoban. Yaşlı adam onun hayatı hakkında daha fazla şeyler öğrenmek istiyordu.

"Öyleyse, bir sorunumuz var. Yeteri kadar koyunun olduğunu düşündüğün sürece sana yardım edemem."

Delikanlı içinde bir kızgınlık hissetmeye başladı. Hiçbir yardım istediği yoktu. Şarap isteyen, sohbet etmek isteyen, kitabıyla ilgilenen yaşlı adamın kendisiydi.

"Kitabı geri verin bana," dedi. "Koyunlarımın yanına gidip yola çıkmalıyım."

"On koyundan birini bana ver," dedi yaşlı adam. "O zaman, gizli hazineye ulaşmak için ne yapman gerektiğini öğretirim sana."

Delikanlı bunun üzerine düşünü anımsadı ve birden her şey apaçık ortaya çıktı. Yaşlı kadın para istememişti kendisinden, bu yaşlı adam –belki de kadının kocasıydı– gerçekle hiçbir ilişkisi olmayan bir bilgi karşılığında daha fazla para sızdıracaktı. Bu da bir çingene olmalıydı.

Ama, delikanlı daha ağzını açmadan, yaşlı adam yere eğilip bir ince dal parçası aldı ve alanın kumu üzerine bir şeyler yazmaya başladı. Yaşlı adam eğildiği anda göğsünde bir şey parladı ve öylesine parladı ki, delikanlının gözleri

1. Kutsal Kitap'ta adından hem kral hem de rahip olarak söz edilen mitolojik kişi. Hz. İbrahim'in, Kedorlaomer komutasındaki birleşik Mezopotamya ordularını yenerek, kaçırılan yeğeni Lût'u kurtarmasının anlatıldığı ayette, gerçek bir kişi olarak geçer. (Ç.N.)

hiçbir şey görmez oldu. Ama, yaşından beklenmeyecek bir çabuklukla, harmanisiyle göğsünü örttü yaşlı adam. Delikanlının göz kamaşması geçti ve yaşlı adamın yazmakta olduğu şeyleri açık seçik görmeye başladı.

Küçük kentin alanının kumları üzerinde, babasının ve annesinin adlarını okudu. Hayatının o âna kadarki öyküsünü, çocukken oynadığı oyunları, papaz okulunun soğuk gecelerini okudu. Şimdiye kadar hiç kimseye anlatmadığı şeyleri okudu: Karaca avlamak için babasının tüfeğini gizlice alışını ya da yalnız başına yaptığı ilk cinsel deneyini.

+

"Ben Şalem kralıyım," demişti yaşlı adam.

"Bir kral niçin bir çobanla çene çalsın?" diye sordu delikanlı; tedirgin olmuş, alabildiğine şaşırmıştı.

"Bunun birçok nedeni var. Ama diyelim ki, bunun en önemli nedeni senin 'Kişisel Menkıbe'ni[1] gerçekleştirmek gücüne sahip oluşun."

Delikanlı "Kişisel Menkıbe"nin ne anlama geldiğini bilmiyordu.

"Senin her zaman gerçekleştirmek istediğin şeydir. Hepimiz, gençken, Kişisel Menkıbe'mizin ne olduğunu biliriz."

"Hayatın bu döneminde, her şey açık seçiktir, her şey mümkündür ve hayal kurmaktan, hayatında gerçekleştirmek istediği şeylerin olmasını istemekten korkmaz. Ama zaman geçtikçe, gizemli bir güç, Kişisel Menkıbe'nin gerçekleştirilmesinin olanaksız olduğunu kanıtlamaya başlar."

1. Din büyüklerinin ya da tarihe geçmiş ünlü kişilerin yaşamlarını ve olağanüstü davranışlarını anlatan öykü. "Yazgı"ya gönderme yapılıyor. (Ç.N.)

Yaşlı adamın söylediklerinin, genç çoban için önemli bir anlamı yoktu. Ama şu "gizemli güçler"in ne olduğunu öğrenmek istiyordu: Anlattığı zaman tüccarın kızının ağzı bir karış açık kalacaktı.

"Olumsuz gibi görünen güçlerdir bunlar, ama aslında sana Kişisel Menkıbe'ni nasıl gerçekleştireceğini öğretirler. Zihnini ve iradeni bunlar hazırlar, çünkü dünyada bir büyük gerçek vardır: Kim olursan ol, ne yaparsan yap, bütün yüreğinle gerçekten bir şey istediğin zaman, Evrenin Ruhu'nda bu istek oluşur. Bu senin yeryüzündeki özel görevindir."

"İnsan yalnızca yolculuk yapmak istese? Ya da bir kumaş tüccarının kızıyla evlenmek istese? Ya da hazine aramak istese. Dünyanın Ruhu insanların mutluluğuyla beslenir. Ya da mutsuzluklarıyla, arzuyla, kıskançlıkla. Kendi Kişisel Menkıbe'sini gerçekleştirmek insanların biricik gerçek yükümlülüğüdür. Her şey bir ve tek şeydir. Ve bir şey istediğin zaman, bütün Evren arzunun gerçekleşmesi için işbirliği yapar."

Alanı ve gelip geçenleri seyrederek bir süre sustular. Sessizliği önce yaşlı adam bozdu:

"Neden koyun güdüyorsun?"

"Çünkü yolculuk yapmak hoşuma gidiyor."

Yaşlı adam, alanın köşesinde, kırmızı arabasında patlamış mısır satan adamı gösterdi.

"Çocukken bu adam da yolculuk yapmak istiyordu. Ama patlamış mısır satmak, yıllar boyu para biriktirmek için bu arabayı satın almayı seçti. Yaşlandığı zaman bir aylığına Afrika'ya gidecek. İnsanın düşlediği şeyi gerçekleştirmesi için her zaman olanak bulunduğunu bir türlü anlamadı."

"Çobanlığı da seçebilirdi," diye düşündü delikanlı. Bu düşüncesini yüksek sesle tekrarladı.

"Bunu pekâlâ düşündü," dedi yaşlı adam. "Ama patlamış mısır satıcıları, çobanlardan daha önemlidir. Patlamış mısır satıcılarının başlarını sokacakları bir çatı vardır, oysa çobanlar 'yıldız palas'ta uyurlar. İnsanlar kızlarını çobanlardan çok patlamış mısır satıcılarıyla evlendirmek ister."

Tüccarın kızını düşünen çoban, yüreğinde bir acı hissetti. Kızın yaşadığı kentte de kuşkusuz bir patlamış mısır satıcısı vardı.

"Sonuç olarak insanların patlamış mısır satıcıları ve çobanlar hakkında düşündükleri, onlar için, Kişisel Menkıbe'den daha önemli olur."

Yaşlı adam kitabın sayfalarını karıştırdı, bir yeri eğlenerek okudu. Çoban biraz bekledi, sonra, daha önce yaşlı adamın yaptığı gibi, araya girdi:

"Bunları neden söylüyorsunuz bana?"

"Çünkü sen, kendi Kişisel Menkıbe'ni yaşamaya çalışıyorsun. Ve bundan vazgeçmek üzeresin."

"Peki siz hep böyle durumlarda mı ortaya çıkarsınız?"

"Her zaman böyle değil; hiçbir zaman bir şey yapmaktan geri durmadım. Bazen, iyi bir fikir, bir çözüm yolu olarak göründüm. Kimi zaman, çok nazik bir anda, işleri kolaylaştıracak şekilde davrandım. Böyle şeyler işte, ama çoğu insan hiçbir şeyin farkına varmadı."

Bir hafta önce, bir maden arayıcısına bir taş biçiminde görünmek zorunda kaldığını anlattı. Zümrüt aramak için her şeyini terk etmişti bu adam. Beş yıl boyunca bir ırmağın kıyısında çalışmış, dokuz yüz doksan dokuz bin dokuz yüz doksan dokuz taş kırmıştı, bir zümrüt parçası ararken. İşte o anda vazgeçmeyi düşünmüş, oysa zümrüdünü bulması için bir taş, bir tek taş kalmıştı. Madenci Kişisel Menkıbe'si üzerine bahse girmiş bir insan olduğu için madenci, yaşlı adam işe karışmaya karar vermiş. Bir taşa dönüşüp madencinin ayaklarına yuvarlanmış. Başarısız geçen beş yıl yüzünden eziklik duyan madenci taşı öfkeyle alıp uzaklara fırlatmış. Taşı öylesine bir hızla fırlatmış ki, başka bir taşa çarpan taş parçalanmış ve ortaya dünyanın en güzel zümrüdü çıkmış.

"İnsanlar yaşama nedenlerini pek çabuk öğreniyorlar," dedi yaşlı adam, gözlerinde beliren acıyla. "Belki de gene aynı nedenle hemen pes ediyorlar. Ama, dünyanın hali böyle işte."

Delikanlı, konuşmanın gizli hazine yüzünden başlamış olduğunu anımsadı.

"Hazineleri, seller toprağın altından çıkartır, gene seller toprağa gömer," dedi yaşlı adam. "Hazinen hakkında daha fazla şey öğrenmek istiyorsan, sürünün onda birini bana vereceksin."

"Hazinenin onda biri yetmez miydi?"

Yaşlı adam hayal kırıklığına uğrar gibi oldu.

"Henüz sahip olmadığın bir şeyi vaat ederek gidecek olursan, onu ele geçirme arzusunu yitirirsin."

Çoban bunun üzerine, hazinenin onda birini çingene kadına söz verdiğini söyledi yaşlı adama.

"Çingeneler kurnazdır," diye içini çekti yaşlı adam. "Ama ne olursa olsun, hayatta her şeyin bir bedeli olduğunu öğrenmek senin için iyi bir şey. Işığın Savaşçılarının öğretmeye çalıştıkları da budur zaten."

Delikanlıya kitabını geri verdi.

"Yarın sürünün onda birini bana getireceksin. Gizli hazineyi nasıl bulacağını söyleyeceğim sana. Haydi, iyi akşamlar."

Sonra alanın bir köşesinde gözden kayboldu.

Delikanlı kitabı yeniden okumayı denedi, ama bütün dikkatini kitap üzerinde yoğunlaştıramadı. Yaşlı adamın doğru söylediğini bildiği için sinirli ve gergindi. Patlamış mısır satıcısını bularak bir torba patlamış mısır satın aldı. Yaşlı adamın anlattıklarını adama aktarmalı mıydı, yoksa susmalı mıydı? Düşünüyordu, ama bir türlü karar veremiyordu. "Bazen işi oluruna bırakmak, ilişmemek daha iyidir," diye düşündü ve adama bu konuda bir şey söylemedi. Konuşacak olsaydı, satıcı günlerce kafa patlatacaktı: Her şeyi yüzüstü bıraksın mı, yoksa bırakmasın mı? Ama küçük arabasına da iyice alışmıştı.

Adamı, kendisinin yol açacağı kararsızlık işkencesinden kurtarabilirdi. Kentte dolaşmaya başladı, limana kadar uzandı. Limanda küçük bir bina vardı, bu binanın pencereye benzer bir deliğinden insanlar bilet satın alıyorlardı. Mısır ülkesinin Afrika'da olduğunu öğrendi.

"Arzunuz?" diye sordu gişedeki memur.

"Belki, yarın," diye yanıtladı delikanlı uzaklaşırken. Koyunlarından birini satarak boğazın karşı yakasına geçebilirdi. Bu düşünce ürkütüyordu onu.

"Al sana bir hayalperest daha," dedi gişedeki adam arkadaşına, delikanlı uzaklaşırken. "Bilet alacak parası yok."

Delikanlı gişenin önünde, koyunlarını düşünmüş ve onların yanına gitmekten korkmuştu. İki yıl içinde, koyun yetiştiriciliği konusunda her şeyi öğrenmişti.

Her türlü koyun bakımını, koyun kırkmayı ve sürüyü kurtlardan korumayı öğrenmişti. Endülüs'ün bütün kır ve otlaklarını tanıyordu. Koyunlarının her birinin alış ve satış fiyatlarını biliyordu.

Arkadaşının ağılına en uzun yoldan gitmeye karar verdi. Kentin bir şatosu vardı; kaleye tırmanıp surların üzerinde oturmak istedi canı. Yukarıdan, Afrika'yı görebilirdi. Neredeyse bütün İspanya'yı uzun süre işgal etmiş olan Magriplilerin buradan geldiklerini söylemişti biri, bir zamanlar. Magriplilerden nefret ediyordu. Çingeneleri onlar getirmişlerdi.

Yukarıdan, yaşlı adamla gevezelik ettiği alan da aralarında olmak üzere kentin büyük bir bölümünü de görebilirdi.

"Şu ihtiyara rastladığım ana lanet olsun," diye düşündü. Gördüğü düşleri yorumlayabilecek bir kadın bulmaya gitmişti yalnızca. Ne kadın ne de yaşlı adam, kendisinin bir çoban oluşunu umursuyorlardı. Hayatta hiçbir şeye artık inanmayan, çobanların bir gün duygusal olarak koyunlarına bağlanabileceklerini anlayacak durumda olmayan yalnız insanlardı bunlar. Kendisi koyunlarını çok iyi tanıyordu: Hangisi topallıyor, hangisi iki ay sonra kuzulayacak, hangileri tembeldir, hepsini biliyordu. Onları kırkmayı ve kesmeyi de biliyordu. Gitmeye karar verecek olursa, koyunları acı çekerdi.

Rüzgâr çıktı. O, bu rüzgârı tanıyordu: Gündoğusu diyorlardı bu rüzgâra, imansız sürüleri bu rüzgârla birlikte gelmişlerdi. Tarifa'ya gelmeden önce, Afrika'nın bu kadar yakın olduğunu hiç düşünmemişti. Çok büyük bir tehlikeydi bu: Magripliler ülkeyi yeniden istila edebilirlerdi.

Gündoğusu daha sert esmeye başladı. "Koyunlarım ile hazine arasında kaldım," diye düşündü. Karar vermek, alıştığı şey ile sahip olmayı çok istediği şey arasında bir seçim yapmak zorundaydı. Ayrıca tüccarın kızı da vardı, ama kız koyunlar kadar önemli değildi, çünkü kendisine bağımlı değildi kız. Kesin olan bir şey vardı: Ertesi gün kız kendisini görmese, bunun farkına bile varmazdı: Kız için bütün günler birbirinin aynıydı ve bütün günler birbirine benzediği zaman da insanlar, güneş gökyüzünde hareket ettikçe, hayatlarında karşılarına çıkan iyi şeylerin farkına varamaz olurlar.

"Annemi, babamı, doğduğum kentin şatosunu terk ettim. Onlar bu duruma alıştılar, ben de alıştım. Koyunlar da benim yokluğuma alışırlarsa iyi ederler," diye düşündü.

Yukarıdan alana baktı. Seyyar satıcı patlamış mısırlarını satmayı sürdürüyordu. Bir süre önce yaşlı adamla sohbet ettiği sıraya bir genç çift gelip oturdu ve öpüşmeye başladı.

"Patlamış mısır satıcısı," diye mırıldandı, ama cümlesini bitirmedi. Çünkü gündoğusu daha da sert esmeye başlamıştı; rüzgârı yüzünde hissetti. Kuşkusuz Magriplileri getiriyordu bu rüzgâr, ama çölün ve peçeli kadınların da kokusunu taşıyordu buralara. Bir gün, Bilinmez'in peşine düşmüş; altın, serüven ve piramitleri aramaya çıkmış insanların terini ve hayallerini de getiriyordu. Rüzgârın özgürlüğünü kıskandı delikanlı ve onun gibi olabileceğini anladı. Kendisinden başka hiçbir şey engel değildi buna.

Koyunlar, tüccarın kızı, Endülüs kırları onun Kişisel Menkıbe'sinin menzillerinden başka bir şey değillerdi.

Ertesi gün öğleyin yaşlı adamın yanına gitti delikanlı. Yanında altı koyun götürdü.

"Çok şaşırdım," dedi yaşlı adama. "Arkadaşım, sürüyü satın aldı hemencecik. Ömür boyu çoban olmayı hayal ettiğini söyledi bana; iyiye işaret."

"Hep böyle olur," diye karşılık verdi yaşlı adam. "Biz buna 'Lütuf Kuralı' adını veririz. İlk kez kâğıt oynadığın zaman, kesinlikle kazanırsın. Acemi talihi."

"Peki neden böyle oluyor?"

"Çünkü hayat senin Kişisel Menkıbe'ni yaşamanı istiyor."

Sonra altı koyunu incelemeye başladı ve bir koyunun topalladığını fark etti. Delikanlı bunun önemsiz bir şey olduğunu, çünkü bu koyunun, koyunlarının en akıllısı olduğunu ve çok yün verdiğini söyledi.

"Hazine nerede?" diye sordu.

"Mısır'da, piramitlerin yanında."

Çoban irkildi. Yaşlı kadın aynı şeyi söylemiş, üstelik para da almamıştı.

"Hazineye ulaşmak için işaretlere dikkat etmen gerekiyor. Tanrı, herkesin izlemesi gereken yolu yeryüzüne çizmiştir, yazmıştır. Senin yapman gereken, senin için yazdıklarını okumak yalnızca."

Delikanlı konuşmaya başlamadan önce, kendisi ile yaşlı adam arasında bir pervane havalandı. Dedesini anımsadı; dedesi pervanelerin şans simgesi olduklarını söylemişti çocukluğunda. Tıpkı cırcırböcekleri, yeşil çekirgeler, küçük gri kertenkeleler ve dört yapraklı yoncalar gibi...

"Doğrudur," dedi, delikanlının düşüncelerini okuyan yaşlı adam. "Tıpkı sana dedenin öğrettiği gibi. Birer işarettir bunlar."

Sonra sarındığı harmaniyi açtı. Delikanlı daha önce görmüş olduğu şeyden çok etkilenmişti; bir gün önce gözlerini kamaştıran parıltıyı anımsadı.

Değerli taşlarla süslü, som altından kocaman bir göğüslük[1] vardı göğsünde yaşlı adamın.

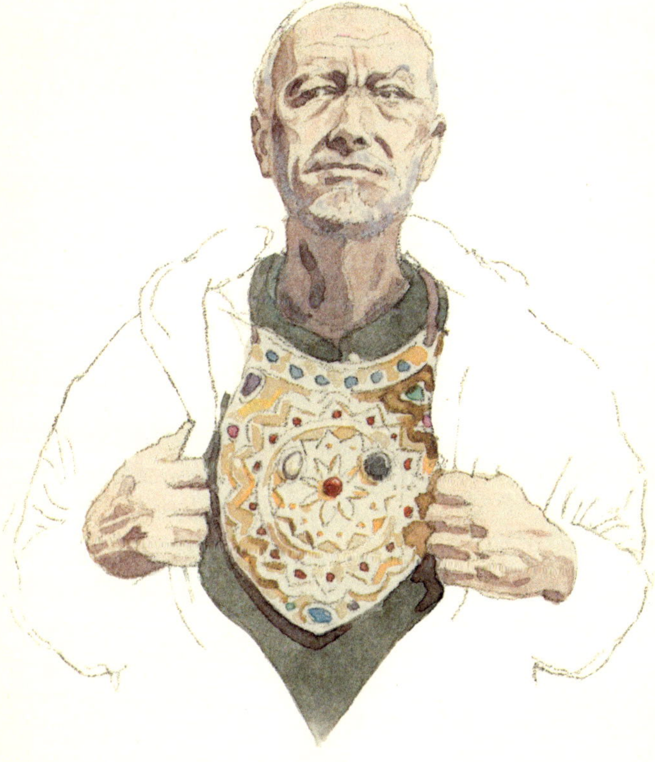

1. Metinde geçen "göğüslük" Kutsal Kitap'taki göğüslüğe gönderme yapmaktadır. "Usta işi bir karar göğüslüğü yap. Onu da efod gibi, altın sırmayla, lacivert, mor, kırmızı iplikle, özenle dokunmuş ince kedenden yap. Dört köşe, eni ve boyu birer karış olacak; ikiye katlanacak. Üzerine dört sıra taş yuvası kak. Birinci sırada yakut, topaz, zümrüt; ikinci sırada firuze, laciverttaşı, aytaşı; üçüncü sırada gökyakut, agat, ametist; dördüncü sırada sarı yakut, oniks ve yeşim olacak. Taşlar altın yuvalara kakılacak. On iki taş olacak. Üzerlerine mühür oyar gibi İsrailoğulları'nın adları bir oyulacak. Bu taşlar İsrail'in on iki oymağını simgeleyecek. (Eski Ahit, "Mısır'dan Çıkış", 28:15-21.) (Ç.N.)

Gerçek bir kraldı yaşlı adam. Haydutların saldırısına uğramamak için böyle gizleniyordu.

"Al!" dedi, göğüslüğünün ortasına kakılmış biri beyaz, biri siyah iki taş çıkartarak. "Birinin adı Urim, ötekinin adı da Tummim'dir.[1] Siyah olanı 'evet' demektir, beyaz olanı 'hayır' anlamına gelir. İşaretleri yorumlamayı başaramadığın zaman sana yardım ederler. Ama her zaman nesnel sorular sor.

Ama, mümkünse, kendi kararlarını kendin al. Hazine, piramitlerin yakınında bulunuyor, bunu biliyorsun zaten. Bana altı koyun vermek zorunda kaldın, çünkü karar vermene ben yardımcı oldum."

Delikanlı iki taşı heybesine koydu. Artık kararlarını kendisi verecekti.

"Her şeyin bir ve tek şey olduğunu asla unutma. Simgelerin dilini unutma. Ve özellikle, Kişisel Menkıbe'nin sonuna kadar gitmeyi unutma."

"Ama şimdi sana küçük bir öykü anlatmak istiyorum:

Bir tüccar Mutluluğun Gizi'ni öğrenmesi için oğlunu insanların en bilgesinin yanına yollamış. Delikanlı bir çölde kırk gün yürüdükten sonra, sonunda bir tepenin üzerinde bulunan güzel bir şatoya varmış. Söz konusu bilge burada yaşıyormuş.

Bir ermişle karşılaşmayı bekleyen bi-

1. "Urim'le Tummim'i karar göğüslüğünün içine koy; öyle ki, Harun ne zaman huzuruma çıksa yüreğinin üzerinde olsunlar. Böylece Harun, İsrailoğulları'nın karar vermek için kullandıkları Urim'le Tummim'i RABB'in huzurunda sürekli yüreğinin üzerinde taşıyacak." (Eski Ahit, "Mısır'dan Çıkış", 28:30.) (Ç.N.)

zim kahraman, girdiği salonda hummalı bir manzarayla karşılaşmış. Tüccarlar girip çıkıyor, insanlar bir köşede sohbet ediyor, bir orkestra tatlı ezgiler çalıyormuş; dünyanın dört bir yanından gelmiş lezzetli yiyeceklerle dolu bir masa da varmış. Bilge sırayla bu insanlarla konuşuyormuş. Bizim delikanlı kendi sırasının gelmesi için iki saat beklemek zorunda kalmış.

Delikanlının ziyaret nedenini açıklamasını dikkatle dinlemiş bilge, ama Mutluluğun Gizi'ni açıklayacak zamanı olmadığını söylemiş ona. Gidip sarayda dolaşmasını, kendisini iki saat sonra görmeye gelmesini salık vermiş.

'Ama, sizden bir ricada bulunacağım,' diye eklemiş bilge, delikanlının eline bir kaşık verip sonra bu kaşığa iki damla sıvıyağ koymuş. 'Sarayı dolaşırken bu kaşığı elinizde tutacak ve yağı dökmeyeceksiniz.'

Delikanlı sarayın merdivenlerini inip-çıkmaya başlamış, gözünü kaşıktan ayırmıyormuş. İki saat sonra bilgenin huzuruna çıkmış.

'Güzel, demiş bilge, peki yemek salonumdaki Acem halılarını gördünüz mü? Bahçıvanbaşının yaratmak için on yıl çalıştığı bahçeyi gördünüz mü? Kütüphanemdeki güzel parşömenleri fark ettiniz mi?'

Utanan delikanlı hiçbir şey göremediğini itiraf etmek zorunda kalmış. Çünkü bilgenin kendisine verdiği iki damla yağı dökmemeye çabaladığından, başka bir şeye dikkat edememiş.

'Öyleyse git, evrenimin harikalarını tanı,' demiş ona bilge. 'Oturduğu evi tanımadan bir insana güvenemezsin.'

İçi rahatlayan delikanlı kaşığı alıp sarayı gezmeye çıkmış. Bu kez, duvarlara asılmış, tavanları süsleyen sanat yapıtlarına dikkat ediyormuş. Bahçeleri, çevredeki dağları, çiçeklerin güzelliğini, bulundukları yerlere yakışan sanat yapıtlarının zarafetini görmüş. Bilgenin yanına dönünce, gördüklerini bütün ayrıntılarıyla anlatmış.

'Peki sana emanet ettiğim iki damla yağ nerede?' diye sormuş bilge.

Kaşığa bakan delikanlı, iki damla yağın dökülmüş olduğunu görmüş.

'Peki,' demiş bunun üzerine bilgeler bilgesi, 'sana verebileceğim tek bir öğüt var: Mutluluğun Gizi dünyanın bütün harikalarını görmektir, ama kaşıktaki iki damla yağı unutmadan.'"

Çoban ağzını açıp konuşmadı. Şimdi yaşlı kralın anlattığı öykünün anlamını kavramıştı. Bir çoban gezmeyi sevebilir ama koyunlarını asla unutmaz.

Yaşlı adam, delikanlıya baktı ve sonra, açık elleriyle, delikanlının başının üzerinde bazı tuhaf işaretler yaptı.

Sonra koyunlarını önüne katıp uzaklaştı oradan.

Küçük Tarifa kentinin yukarı kesiminde Magriplilerin yaptırdığı eski bir kale vardır; kale surlarına oturan biri aşağıda bir alan, bir patlamış mısır satıcısı ve karşıda da bir parça Afrika görebilir.

Şalem Kralı Melkisedek, o akşam kale surlarına oturdu ve yüzünde gündoğusu adı verilen rüzgârı hissetti. Sahip değişikliğinin ve kargaşaların altüst ettiği tedirgin koyunlar biraz ileride kımıldanıp duruyordu. Bütün arzuları yalnızca yiyecek ve içecekti.

Melkisedek, limandan uzaklaşan küçük gemiye baktı. Genç çobanı bir daha hiç görmeyecekti, tıpkı ganimetten ondalık verdikten sonra İbrahim'i[1] bir daha hiç görmediği gibi. Ama işinin özelliğiydi bu.

Tanrıların dilekleri olamaz, çünkü tanrıların Kişisel Menkıbe'leri yoktur. Bununla birlikte Şalem Kralı, yüreğinin derinliklerinden, delikanlının başarıya ulaşmasını diledi.

"Ne yazık! Yakında adımı unutacak," diye düşündü. "Ona adımı birkaç kez tekrarlatmalıydım. Benden söz ettiği zaman, benim Şalem Kralı Melkisedek olduğumu söylemeliydi."

1. "Avram, Kedorlaomer'le onu destekleyen kralları bozguna uğratıp dönünce, Sodom Kralı onu karşılamak için Kral Vadisi olan Şave Vadisi'ne gitti. Yüce Tanrı'nın kâhini olan Şalem Kralı Melkisedek ekmek ve şarap getirdi. Avram'ı kutsayarak şöyle dedi: 'Yeri göğü yaratan yüce Tanrı, Avramı'ı kutsasın, düşmanlarını onun eline teslim eden yüce Tanrı'ya övgüler olsun.' Bunun üzerine Avram her şeyin ondalığını Melkisedek'e verdi. Sodom Kralı Avram'a, 'Adamlarımı bana ver, mallar sana kalsın,' dedi. Avram Sodom Kralı'na, 'Yeri göğü yaratan yüce Tanrı RABB'in önünde sana ait hiçbir şey, bir iplik, bir çarık bağı bile almayacağıma ant içerim,' diye karşılık verdi. 'Öyle ki, Avram'ı zengin ettim demeyesin. Yalnız, adamlarımın yedikleri bunun dışında. Bir de beni destekleyen Aner, Eşkol ve Mamre paylarına düşeni alsınlar.'" (Eski Ahit, "Yaratılış", 14:17-24.) (Ç.N.)

Sonra gözlerini gökyüzüne kaldırdı, düşündüklerinden utanmıştı. "Biliyorum: *Her şey boş, bomboş, bomboş!*[1] Senin de söylediğin gibi, Tanrım. Ama bazen bir ihtiyar kral da kendisiyle gururlanmak gereksinimi duyabilir."

"Ne tuhaf bir memleket şu Afrika!" diye düşündü delikanlı.

Kentin daracık sokaklarında dolaşırken gördüğü öteki kahvehanelere benzeyen bir kahveye oturmuştu. İnsanlar, ağızdan ağza dolaştırdıkları devsel pipolar içiyorlardı. Birkaç saat içinde, el ele tutuşarak dolaşan erkekler, yüzleri peçeli kadınlar, yüksek kulelerin tepesine çıkıp şarkı söyleyen din adamları, bunların çevresinde de diz çöküp alınlarını yere vuran insanlar görmüştü.

"İmansızların tapınmaları," diye düşündü. Çocukken, köylerindeki kilisede, bir kır ata binmiş Zebedioğlu Aziz Yakub'un[2] heykelini görürdü: Kılıcını çekmiş, ayaklarının altında buranın insanlarına benzeyen insanlar. Kendini tedirgin ve yalnız mı yalnız hissediyordu. İmansızların korkunç kötücül bakışları vardı.

Üstelik, yola çıkmanın büyük telaşı içinde, bir ayrıntıyı unutmuştu, uzun süre kendisini hazinesinden uzak tutabilecek bir tek ayrıntıyı: Bu ülkede herkes Arapça konuşuyordu.

Kahveci yaklaştı; delikanlı yandaki masaya getirildiğini gördüğü bir içeceği parmağıyla işaret etti. İşaret ettiği çaydı, acı çay. Oysa şarap içmek isterdi.

1. Eski Ahit, "Vaiz", 1:1. (Ç.N.)

2. İspanya'da çok özel bir yeri olan ve İsa'nın 12 havarisinden biri olan aziz. Hıristiyan olduğu için öldürüldüğü Kutsal Kitap'ta bildirilen tek havaridir. Kral Hirodes tarafından kılıçla öldürüldü. (Yeni Ahit, "Elçilerin İşleri", 12:2) (Ç.N.)

Ama şimdi böyle şeylerle kaygılanacak zaman değildi. Hazinesinden başka bir şey düşünmemeliydi, onu nasıl ele geçireceğini düşünmeliydi. Koyunların satışından oldukça önemli bir para sağlamıştı ve paranın büyülü bir gücü olduğunu biliyordu: Parası olan insan hiçbir zaman tamamen yalnız değildir. Kısa bir süre sonra, belki de birkaç gün içinde, piramitlere ulaşacaktı. Göğsü pırıl pırıl altınla kaplı bir ihtiyarın altı koyununu almak için yalan şeyler anlatmaya gereksinimi yoktu.

Yaşlı kral ona simgelerden söz etmişti. Boğaz'ı geçerken simgeleri düşünmüştü. Evet, onun nelerden söz ettiğini çok iyi biliyordu: Endülüs kırlarında geçirdiği zaman içinde, izlemesi gerekli yolla ilgili işaretleri yeryüzünde ve gökyüzünde okumaya alışmıştı. Falanca kuşun varlığı yakınlarda bir yılan bulunduğunun işaretiydi; filanca çalı ise çevrede su bulunduğunun belirtisiydi. Bunları öğrenmişti. Bunları koyunlar öğretmişti ona.

"Tanrı koyunları böylesine iyi güdüyorsa bir insanı da güdecektir," diye düşündü ve içinin rahatladığını hissetti. Çay daha az acı geldi.

"Sen kimsin?" diye sorulduğunu duydu İspanyolca.

Birdenbire kendini alabildiğine güçlü hissetti. Kendisi simgeleri düşünürken biri çıkagelmişti.

"Sen nasıl oluyor da İspanyolca konuşabiliyorsun?" diye sordu.

Karşısındaki Avrupalı gibi giyinmiş bir gençti, ama ten rengi onun bu kentten olduğunu akla getiriyordu. Hemen hemen kendi boyunda, kendi yaşındaydı.

"Burada hemen hemen herkes İspanyolca konuşur. İspanya'dan iki saat uzaktayız yalnızca."

"Otur. Bir şey ısmarlayayım sana. Benim için de şarap söyle. Şu çaydan nefret ediyorum."

"Bu ülkede şarap yoktur," diye karşılık verdi öteki. "Din yasaklamıştır."

Genç çoban bunun üzerine piramitlere gitmesi gerektiğini söyledi. Tam hazineden de söz açacaktı ki bunun doğru olmayacağını düşündü. Arap çocuk, kendisini oraya götürmek için hazineden pay isteyebilirdi. Yaşlı adamın henüz sahip olunmayan şeylere ilişkin öneriler konusunda kendisine söylediklerini anımsadı.

"Mümkünse beni oraya götürmeni rica edeceğim. Rehberlik ücretini öderim. Oraya nasıl gidildiği konusunda bir fikrin var mı?"

Kahvecinin yakınlarında olduğunu ve konuşmalarını dikkatle dinlediğini fark etti delikanlı. Adamın orada bulunuşu canını sıkıyordu biraz. Ama bir rehbere rastlamıştı ve bu fırsatı kaçırmayacaktı.

"Koskoca Sahra Çölü'nü geçmek gerek," dedi Arap çocuk. "Bunun için de para gerekir. İlkin yeterince paran var mı bakalım, bunu bilmek isterim."

Delikanlı bu soruyu biraz tuhaf buldu. Ama onun, yaşlı adama güveni vardı ve yaşlı adam ona, gerçekten bir şey yapmak istiyorsanız, bütün evrenin sizin yararınız için işbirliği yapacağını söylemişti.

Parasını cebinden çıkartıp yeni arkadaşına gösterdi. Kahveci biraz daha yaklaşıp yakından baktı. Adam ile çocuk aralarında Arapça bir şeyler konuştular. Kahveci öfkelenmişe benziyordu.

"Buradan gidelim," dedi Arap delikanlı. "Burada kalmamızı istemiyor patron."

Delikanlı kendini daha rahatlamış hissetti. Borcunu ödemek için ayağa kalktı, ama kahveci onu kolundan tutup noktasız, virgülsüz uzun bir söylev çekmeye başladı. Delikanlı güçlü olmasına güçlüydü, ama yabancı bir ülkede bulunuyordu. Yeni arkadaşı, kahveciyi kenara itip delikanlıyı dışarı çıkardı.

"Parana göz koymuş," dedi. "Tanca, Afrika'nın öteki yerlerine benzemez. Burası bir liman, limanlar da hırsız yuvasıdır."

Zor bir durumdayken kendisine yardım eden bu yeni arkadaşına demek ki güvenebilirdi. Cebinden çıkartarak paraları saydı.

"Yarın piramitlere ulaşabiliriz," dedi öteki, parayı alırken. "Ama iki deve satın almam gerekiyor."

Tanca'nın daracık sokaklarında birlikte yürüdüler. Her köşeye tezgâhlar kurulmuştu. Sonunda pazarın kurulduğu büyük alana geldiler. Binlerce insan pazarlık ediyor, alıp satıyordu; sebzelerle halılar, türlü çeşitli pipolar yan yana sergilenmişti. Delikanlı yeni arkadaşının üzerinden gözlerini ayırmıyordu. Bütün parasının artık onun ellerinde olduğunu unutmuyordu. Parayı ondan geri istemeyi aklından geçirdi, ama bunun kabalık olacağını düşündü. Şimdi üzerinde dolaşmakta olduğu bu yabancı toprakların gelenek ve göreneklerini bilmiyordu.

"Gözüm üzerinde olsun, bu yeterli," diye düşündü. Kendisi ondan daha güçlüydü.

Birden bu korkunç karmakarışık eşya yığınının ortasında, şimdiye kadar görmediği kadar güzel bir kılıca iliştı gözleri. Kını gümüştendi, siyah kabzasına değerli taşlar kakılmıştı. Mısır dönüşü bu kılıcı almaya karar verdi.

"Satıcıya kılıcın fiyatını soruver," dedi arkadaşına. Ama silahı seyrederken iki saniye dalmış olduğunu da fark etti.

Sanki birdenbire göğüskafesi daralmış gibi yü-

reği sıkıştı. Kendisini neyin beklediğini bildiğinden, yan tarafa bakmaya korktu. Gözleri güzel kılıcın üzerinde, bir an öyle kaldı, sonra, bütün cesaretini toparlayarak başını çevirdi.

Çevresinde pazar alanı vardı, gidip gelen, bağırıp çağıran, halı, fındık, bakır tepsilerin yanında kıvırcık marullar, sokakta el ele tutuşmuş erkekler, peçeli kadınlar, değişik yiyeceklerin hoş kokuları vardı.. Ama hiçbir yerde, kesinlikle hiçbir yerde, arkadaşının gölgesi bile yoktu.

Birbirlerini kaybetmelerinin bir rastlantı olduğuna inanmak istedi. Ötekinin geri döneceğini umarak bulunduğu yerde kalmaya karar verdi. Bir süre sonra, şu malum kulelerden birine bir adam çıkıp şarkı söylemeye başladı; bunun üzerine orada bulunanlar diz çöküp alınlarını yere vurdular ve onlar da şarkı söylemeye başladılar. Daha sonra, işbaşındaki karıncalar gibi dağılarak yola koyuldular.

Güneş de batmaya başladı. Genç adam, alanı çevreleyen beyaz evlerin arkasında yitinceye kadar uzun süre güneşe baktı. Aynı güneş bu sabah doğarken, kendisinin bir başka anakarada bulunduğunu; orada çobanlık yaptığını, altmış koyunu olduğunu ve bir genç kızla buluşacağını düşündü. Sabahleyin kırlarda dolaşırken başına geleceklerin hepsini biliyordu.

Oysa şimdi güneş batarken bir başka ülkede bulunuyordu, dillerini bile anlamadığı insanların yaşadığı bir yabancı ülkede bir yabancıydı o. Artık çoban değildi, kendisine ait hiçbir şeyi yoktu; ülkesine geri dönmek ve her şeye yeniden başlamak için gerekli olan parası bile.

"Bütün bunlar aynı güneşin doğup batışı arasında oldu," diye düşündü. Daha duruma alışmadan göz açıp kapayıncaya kadar kısa zamanda, hayatta kimi zaman koşulların değiştiğini düşünerek kendisine acıdı.

Ağlamaya utanıyordu. Koyunlarının karşısında hiçbir zaman ağlamamıştı. Ama pazar alanı bomboştu ve kendisi yurdundan uzaktaydı.

Ağladı. Tanrı adil olmadığı için, kendi düşlerine inanan insanları bu şekilde ödüllendirdiği için ağladı. "Koyunlarımın yanında mutluydum ve mutluluğumu çevremde bulunanlarla paylaşıyordum. Geldiğimi gören insanlar beni iyi karşılıyorlardı. Şimdi kederli ve mutsuzum. Ne yapacağım? Daha katı olacağım ve bir insan bana ihanet ettiği için de artık kimseye güvenmeyeceğim. Kendi hazinemi bulamadığım için gizli hazine bulan herkesten nefret edeceğim. Ve bütün dünyayı kucaklayamayacak kadar küçük biri olduğum için, sahip olduğum az bir şeyi her zaman korumaya çalışacağım."

İçinde ne var diye bakmak için heybesini açtı; gemideyken yediği börekten bir parça kalmıştı belki. Ama kocaman kitaptan, yamçıdan ve yaşlı adamın kendisine verdiği o iki taştan başka bir şey bulamadı.

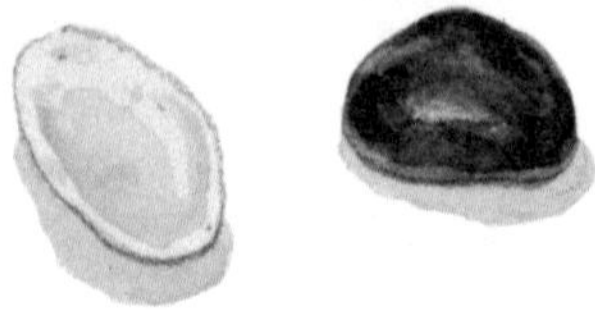

Bu taşları görünce, büyük bir teselli hissetti içinde. Altı koyununu, altın bir göğüslükten çıkartılan bu taşlarla değiştokuş etmişti. Bunları satıp dönüş bileti alabilirdi. "Bundan böyle artık daha kurnaz olacağım," diye düşündü, iki taşı heybeden alıp cebine soktu. Burası bir limandı ve Arap çocuğun kendisine söylediği tek doğru şey de buydu: Limanlar hırsız yuvasıdır.

Kahvecinin umutsuz çabalarını şimdi anlıyordu: Bu adama güvenmemesini söylemeye çalışıyordu. "Ben de herkes gibiyim. Dünya gerçeklerine oldukları gibi değil de olmalarını istediğim gibi bakıyorum."

Taşlara bir süre baktı. Onları usulca okşadı, sıcaklıklarını, kaygan yüzeylerini parmaklarının ucunda hissetti. Hazinesiydi onun bu taşlar. Onlara dokunmak yatıştırdı onu. Taşlar ona yaşlı adamı anımsattı.

"Bir şeyi gerçekten istersen," demişti yaşlı adam ona, "onu gerçekleştirmen için bütün evren işbirliği yapar."

Delikanlı bunun doğru olup olmadığını anlamak istedi. Bomboş bir pazar alanındaydı, ne cebinde tek kuruş, ne de geceleyin bekleyeceği koyunları vardı. Ama bu taşlar, onun bir krala rastlamış olduğunun kanıtıydı; onun Kişisel Menkıbe'sini bilen, babasının silahıyla ne yaptığından, ilk cinsel deneyiminden haberi olan bir krala rastlamıştı.

"Taşlar kâhinlik yapmaya yarar. Adları, Urim ile Tummim." Taşları heybesine koydu tekrar ve bir deney yapmaya karar verdi. Yaşlı adam, taşlar ancak insan ne istediğini bildiği zaman işe yaradığı için onlara açık seçik sorular sormak gerektiğini söylemişti.

Bunun üzerine, yaşlı adamın kutsamasının hâlâ kendi üzerinde olup olmadığını sordu.

Taşlardan birini çıkardı. "Evet" idi çıkan taş.

"Hazinemi bulacak mıyım?" diye sordu.

Elini heybeye soktu, taşlardan birini almak istedi. Ama taşlar, heybedeki bir delikten aşağı düştüler. Heybede bir delik olduğunu fark etmemişti. Urim ile Tummim'i yerden alıp heybeye koymak için eğildi. Ama onları görünce bir başka cümle anımsadı:

"Simgelere saygılı olmayı ve onları izlemeyi öğren," demişti yaşlı kral.

Bir işaret. Delikanlı kendi kendine gülmeye başladı. Sonra taşları yerden alıp heybesine koydu. Deliği dikmeye niyetli değildi; taşlar canlarının istediği zaman bu delikten düşebilirlerdi. Kendi yazgısından kaçmamak için bazı şeylerin sorulmaması gerektiğini öğrenmişti.

"Kendi kararlarımı kendim almaya söz veriyorum," dedi içinden.

Ama taşlar, yaşlı adamın her zaman onun yanında olduğunu söylemişlerdi, bu yanıt kendine yeniden güven duymasını sağlamıştı. Yeniden boş pazar yerine baktı, önceden hissettiği umutsuzluğu artık hissetmedi. Artık yabancı bir dünya değildi burası, yeni bir dünyaydı.

Doğrusu, tam olarak onun istediği de buydu zaten: Yeni dünyalar tanımak. Piramitlere hiçbir zaman varamayacak olsa da tanıdığı bütün çobanlardan çok daha uzaklara gitmişti şimdiden.

"Ah! Vapurla iki saat ötede ne çok değişik şeyler olduğunu bir bilselerdi..."

Yeni dünya boş bir pazar yeri halinde karşısında duruyordu, ama burayı cıvıl cıvıl hayat doluyken de görmüştü daha önce ve bir daha hiç unutmayacaktı. Kılıcı anımsadı; bir an dalıp onu seyretmeyi çok pahalı ödemişti, ama şimdiye kadar ona benzer bir şey de görmemişti hayatında. İster bir hırsızın kurbanı olarak, ister hazine peşine düşmüş bir serüvenci olarak olsun, dünyaya bakabileceğini anladı birden.

"Bir hazine peşine düşmüş bir serüvenciyim ben," diye düşündü, yorgunluktan bitkin durumda uykuya dalmadan önce.

+

Birinin omzundan sarstığını hissederek uyandı, şimdi yeniden canlanmakta olan pazar alanının ortasında uyumuştu.

Koyunlarını aranarak çevresine bakındı ve o zaman

artık başka bir dünyada olduğunu anladı. Bundan hüzün duyacağına, tam tersine kendini mutlu hissetti. Su ve yiyecek peşine düşmek zorunda değildi artık ve şimdi bir hazine aramaya başlayabilirdi. Cebinde tek metelik yoktu, ama hayata olan inancı tamdı. Önceki akşam, okuma alışkanlığı edindiği kitaplardaki kahramanlar gibi bir serüvenci olmayı seçmişti.

Acele etmeden alanı dolaşmaya başladı. Satıcılar barakalarını kurmaya başlamışlardı; şekerleme satan birinin barakasını kurmasına yardım etti. Bu adamın yüzünde başkalarınınkine benzemeyen bir gülümseme vardı: Neşe doluydu, hayata açıktı, zorlu bir işgününe başlamaya hazırdı. Gülümsemesi, bir bakıma şu yaşlı adamı, bir süre önce tanışmış olduğu şu gizemli yaşlı kralı anımsatan bir gülümsemeydi. "Bu tüccar yolculuk yapmak ya da bir tüccar kızıyla evlenmek için şekerleme imal etmiyor. Hayır, bu mesleği sevdiği için şekerleme üretiyor," diye düşündü delikanlı. Adamın, o yaşlı adamın yaptığını yapabileceğini fark etti: birinin kendi Kişisel Menkıbe'sine yakın ya da uzak olduğunu bir bakışta anlamak. "Kolay bir şey, ama ben henüz bunu anlamaktan uzağım."

Baraka kurulunca satıcı hazırladığı ilk tatlıyı delikanlıya sundu. Delikanlı tatlıyı büyük bir hazla yedi, teşekkür etti ve yola koyuldu. Biraz uzaklaşmıştı ki, barakayı iki kişinin kurduğu aklına geldi, bunlardan biri Arapça, öteki İspanyolca konuşuyordu.

Yine de pek güzel anlaşmıştı ikisi.

"Sözcüklerin ötesinde bir dil var," diye düşündü. "Daha önce koyunlarla böyle bir deneyimim olmuştu, şimdi de aynı şeyi insanlarla yapıyorum."

İşte böyle yeni ve değişik şeyler öğrenmekteydi. Daha önce de yaşadığı şeylerdi bunlar, ama gene de yeniydiler, çünkü daha önce karşılaştığı, ama varlıklarının farkına varmadığı şeylerdi bunlar. Bu şeylere alıştığı için böyle olmuştu. "Sözcüklere gereksinim duymayan bu dili çözümlemeyi öğrenmeyi başarırsam, dünyayı kavramayı başaracağım."

"Her şey bir tek ve aynı şeydir," demişti yaşlı adam.

Tanca'nın daracık sokaklarında kaygısızca dolaşmaya karar verdi. Simgeleri algılamayı ancak bu şekilde başarabilirdi. Bu hiç kuşkusuz büyük bir sabır gerektiriyordu ama sabır, bir çobanın öğrendiği ilk erdemdir.

Koyunların kendisine öğretmiş olduğu dersleri, bu yabancı dünyada uygulamaya koyduğunu bir kez daha anladı.

"Her şey bir tek ve aynı şeydir," demişti yaşlı adam.

Billuriyeci, güneşin doğmakta olduğunu gördü ve her sabah duyduğu sıkıntı duygusunu gene hissetti. Neredeyse otuz yıldır aynı yerdeydi, müşterilerin pek ender ayak bastığı yokuş yukarı bir sokağın sonundaki bu dükkânda. Şimdi artık herhangi bir şeyi değiştirmek için çok geçti: Hayatı boyunca öğrendiği tek şey billuriye alıp-satmaktı. Bir zamanlar dükkânı pek ünlüydü, pek çok insan bilirdi bu dükkânı: Arap tüccarlar, Fransız ve İngiliz yerbilimciler, Alman askerler, yani her zaman cepleri para dolu insanlar. O sıralar billuriye satıcılığı olağanüstü bir serüvendi ve nasıl zengin olacağını, yaşlandığı zaman sahip olacağı güzel kadınları hayal ederdi.

Sonra yavaş yavaş zaman geçti ve kent değişti. Septe kenti, Tanca kadar zenginleşti ve ticaretin niteliği değişti. Komşular başka yerlere taşındılar ve bir süre sonra tepede birkaç dükkândan başka bir şey kalmadı. Birkaç önemsiz dükkân için hiç kimse yokuşu tırmanmayı göze almıyordu.

Ama billuriye tüccarının seçim şansı yoktu. Hayatının otuz yılını kristal eşya alıp satarak yaşamıştı; hayatına yeni bir yön vermek için artık çok geçti.

Bütün sabah dar sokaktan gelip geçenlere baktı, pek az insan gelip geçmişti. Yıllardır böyleydi bu; geçenlerin hepsinin alışkanlıklarını biliyordu.

Öğle yemeği vaktinden birkaç dakika önce, genç yabancı vitrinin önünde durdu. Herkes gibi giyinmişti genç adam, ama billuriye tüccarının deneyimli gözleri bu gencin cebinde para olmadığına karar verdi. Her şeye karşın dükkâna geri dönmeye, genç adam gidinceye kadar birkaç dakika beklemeye karar verdi.

✦

Kapıda, dükkânda birçok yabancı dil konuşulduğunu belirten bir tabela asılıydı. Delikanlı tezgâhın gerisinden birinin çıktığını gördü.

"İsterseniz, dedi, bu vazoları temizleyebilirim. Bu durumda hiç kimse satın almak istemez bunları."

Tüccar hiçbir şey söylemeden delikanlıya baktı.

"Buna karşılık, karnımı doyurmam için bana bir şeyler verirsiniz, tamam mı?"

Adam konuşmuyordu. Delikanlı kararı kendisinin vermesi gerektiğini anladı. Heybesinde yamçısı vardı, çöl-

de ona gereksinimi olmayacaktı. Yamçıyı çıkardı ve vazoları silmeye başladı. Yarım saat içinde, vitrinde bulunan bütün kristalleri silmişti. Bu süre içinde, iki müşteri gelip birçok billuriye aldı.

Her şeyi temizleyince dükkân sahibinden yemek için bir şeyler vermesini istedi.

"Haydi yemeğe gidelim," dedi billuriye tüccarı.

Kapıya bir tabela astı ve yokuşun sonunda bulunan küçük bir aşevine gittiler. Aşevinde bulunan tek masaya oturdukları zaman billuriye tüccarı gülümseyerek konuştu:

"Aslında herhangi bir şey temizlemen gerekmezdi. Kuran'ın yasası aç insanları doyurmayı buyurur."

"Peki öyleyse neden benim bunu yapmama izin verdiniz?" diye sordu delikanlı.

"Çünkü kristaller kirliydi. Ve ikimizin de kafamızdaki kötü düşünceleri temizlememiz gerekiyordu."

Yemekleri bitince delikanlıya döndü Tüccar:

"Dükkânımda çalışmanı isterdim. Bugün sen kristalleri silerken iki müşteri geldi: Bu, iyiye işaret."

"İnsanlar durmadan işaretlerden söz ediyorlar," diye düşündü çoban. "Ama tam olarak neden söz ettiklerini bilmiyorlar. Tıpkı, yıllardır benim koyunlarımla sözcüksüz bir dille konuşmuş olduğumu fark etmemiş olmam gibi."

"Benimle çalışacak mısın?" diye sorusunu yineledi billuriye tüccarı.

"Günün geri kalan süresinde çalışabilirim," diye yanıtladı delikanlı. "Dükkândaki bütün kristalleri sabaha kadar temizlerim. Buna karşılık yarın benim Mısır'a gitmem için gereken parayı ödersiniz."

Yaşlı adam birden gülmeye başladı.

"Dükkândaki kristalleri bütün bir yıl silsen de, satılan her şeyden yüklü bir komisyon da alsan, Mısır'a gitmek için epeyce borç para bulman gerekir. Tanca ile piramitler arasında binlerce kilometrelik bir çöl var."

Bunun üzerine öyle bir sessizlik oldu ki kent birdenbire uykuya dalmış izlenimi uyandırdı. Sanki artık pazar mazar yoktu, satıcılar arasındaki tartışmalar sona ermiş, minarelere çıkıp şarkı söyleyen insanlar toz olmuş, kabzaları kakmalı güzel kılıçlar uçup gitmişti. Umut ve serüven, yaşlı krallar ve Kişisel Menkıbe'ler yoktu artık. Ne hazine ne de piramitler vardı. Delikanlının ruhu sessizliğe gömüldüğü için sanki bütün dünya dilsiz kesilmişti. Ne dert ne acı ne hayal kırıklığı: Yalnızca küçük aşevinin küçük kapısından geçip giden boş bir bakış ve uçsuz bucaksız ölüm arzusu, aynı anda her şeyin sonsuza dek bittiğini görmek dileği.

Tüccar ona şaşkın şaşkın baktı. Bu sabah çevresinde gördüğü bütün neşe sanki bir anda uçup gitmişti.

"Ülkene geri dönmen için gereken parayı sana veririm, oğlum," dedi billuriye tüccarı.

Delikanlı sessiz kaldı. Sonra ayağa kalktı, giysilerine çekidüzen verdi ve heybesini aldı.

"Sizinle çalışacağım," dedi.

Ve uzun bir sessizlikten sonra, sözünü bitirmek için ekledi:

"Birkaç koyun almak için paraya gereksinimim var."

2. BÖLÜM

Neredeyse bir aydır billuriye tüccarının yanında çalışıyordu delikanlı. Ne var ki, onu tam anlamıyla mutlu edecek türden bir iş sayılmazdı. Tüccar, hiçbir şey kırmaması için çok dikkatli olması gerektiğini durmadan anımsatarak, tezgâhın arkasında bütün gün homurdanıp duruyordu.

Yine de orada çalışmayı sürdürüyordu delikanlı. Çünkü, adam dırdırcı olmasına dırdırcıydı, ama adaletsiz biri de değildi; satılan her parça üzerinden oldukça iyi bir komisyon alıyordu satıcı ve daha şimdiden biraz para biriktirmeyi bile başarmıştı. Sabahleyin hesaplamıştı: Her gün böyle, bu koşullarda çalışacak olsa, birkaç koyun alabilmesi için bir yıl çalışması gerekiyordu.

"Kristaller için bir sergi tablası yapmak istiyorum," dedi patronuna. "Dışarıya bir tabla konulabilir; bu da geçenlerin dikkatini çeker ta yokuşun başından itibaren."

"Şimdiye kadar hiç böyle bir şey yapmadım," diye yanıtladı tüccar. "İnsanlar geçerken tablaya takılır, kristaller de kırılır."

"Koyunlarımla kırları dolaşırken, yılan sokmalarına kurban gidebilirlerdi. Ama bu tehlike koyunlar çobanların hayatlarının bir parçasıdır."

Tüccar, bu arada, üç kristal vazo almak isteyen bir müşterinin yanına gitti. Artık her zamankinden daha fazla satış yapıyordu; sanki eski zamanlar geri dönmüş gibiydi, sokağın Tanca'nın en çekici sokaklarından biri olduğu zamanlar gibi.

"Gelip geçenler giderek çoğalıyor," dedi delikanlıya, müşteri gittiği zaman. "Bu sayede daha iyi yaşayabiliyorum, sen de kısa bir süre sonra koyunlarına kavuşabileceksin. Hayattan daha fazlasını neden istemeli?"

"Çünkü işaretleri izlemek zorundayız," diye yanıtladı delikanlı, hiç düşünmeden. "Tüccar ömür boyu bir kralla tanışmak olanağı bulamamış olduğu için onunla böyle konuştuğuna pişman oldu delikanlı."

"Buna 'lütuf kuralı' denir," demişti yaşlı kral. "Acemi talihi. Çünkü hayat senin Kişisel Menkıbe'ni yaşamanı istiyor."

Bununla birlikte, delikanlının kendisine söylemek istediği şeyi çok iyi anlıyordu tüccar. Delikanlının dükkânda bulunuşu bile bir işaretti. Zaman geçtikçe, kasa paracıklarla doldukça İspanyol delikanlıyı işe almış olmaktan en küçük pişmanlık duymuyordu. Kuşkusuz, delikanlı hak ettiğinden fazlasını kazanıyordu; satışların bu kadar çoğalacağını aklına bile getirmediği için, delikanlıya oldukça yüksek komisyon önermişti; önsezisi delikanlının kısa bir süre sonra koyunlarının yanına döneceğini söylüyordu.

"Neden piramitleri görmeye gitmek istiyorsun?" diye sordu, konuşmayı sergi tablasından başka yere çevirmek için.

"Çünkü çok sık sözünü ettiler bana," diye yanıtladı delikanlı, gördüğü düşleri es geçerek. Hazine artık acı bir anıydı ve bunu aklına getirmemeye çalışıyordu.

"Sadece piramitleri görmek için çölü geçmek isteyecek birini tanımıyorum buralarda," dedi tüccar. "Bir taş yığınından başka bir şey değiller. Kendi bahçene kendi piramitini dikebilirsin."

"Siz hiç yolculuk düşleri görmemişsiniz," dedi delikanlı, dükkândan içeri giren bir başka müşterinin yanına giderken.

İki gün sonra, sergi tablası konusunu açtı tüccar:

"Değişikliklerden pek hoşlanmam," dedi. "Ne sen ne de ben para babası tüccar Hasan'a benziyoruz. Bir şey satın alırken bir hata yapacak olsa vız gelir ona. Ama bizler, hatalarımızın bedelini ödemek zorundayız."

"Söyledikleri doğru," diye düşündü delikanlı.

"Bu sergi tablasını neden istiyorsun?" diye sordu tüccar.

"Bir an önce koyunlarıma kavuşmak istiyorum. Talih bizden yanayken bundan yararlanmalıyız; talihin bize yardımcı olması için biz de ona yardımcı olacak şekilde davranmalıyız, gereken ne varsa yapmalıyız. Buna 'lütuf kuralı' derler. Ya da acemi talihi."

Yaşlı tüccar bir süre ağzını açmadı. Sonra konuştu:

"Peygamberimiz bize Kuran'ı verdi ve ömür boyu yalnızca beş kurala uymamızı zorunlu kıldı. En önemli şart şudur: Bir tek Allah vardır. Öteki şartlara gelince: Günde beş vakit namaz kılmak, Ramazan'da oruç tutmak ve yoksullara zekât vermek..."

Sustu. Peygamber'den söz ederken gözleri yaşarmıştı. Yüreği coşku dolu bir insandı. Kimi zaman sabırsız görünse de İslam'ın kurallarına uygun olarak yaşamaya çalışıyordu.

"Peki beşinci şart hangisi?" diye sordu delikanlı.

"Sen bana iki gün önce benim hiç yolculuk düşleri görmediğimi söyledin," diye yanıtladı Tüccar. "İyi bir Müslüman için beşinci şart bir yolculuk yapmaktır. Hayatımızda hiç olmazsa bir kere kutsal kent Mekke'ye gitmek zorundayız."

"Mekke, piramitlerden çok daha uzakta. Gençken sahip olduğum az bir parayı, bu dükkânı açmak için kullandım. Günün birinde Mekke'ye gidecek kadar zengin olmayı umuyordum. Doğrusunu istersen para kazanmaya başladım ama kristalleri kimseye emanet edemedim; tabii, kristallere çok dikkat etmek gerekir, naziktirler. Bu süre içinde, Mekke'ye giden bir yığın insan uğradı dükkânıma. Aralarında hizmetçileriyle, develeriyle birlikte yola çıkan zengin hacı adayları vardı, ama çoğu benden daha yoksul insanlardı.

Hepsi mutlu gidip mutlu dönüyor ve evlerinin kapısına hacca gittiklerini gösteren alametler asıyorlardı. Bunlardan biri, hayatını ayakkabı tamir ederek kazanan bir kunduracı, çölü geçmek için bir yıl yürüdüğünü söyledi; ama şimdi kösele almak için Tanca sokaklarında yürümek zorunda kalınca kendisini daha yorgun hissediyormuş."

"Peki Mekke'ye şimdi neden gitmiyorsunuz?" diye sordu delikanlı.

"Beni hayatta tutan Mekke'dir. Hepsi birbirine benzeyen günlere, raflara dizilmiş şu vazolara, iğrenç bir aşevinde öğle-akşam yemek yemeye katlanacak gücü veriyor bana. Düşümü gerçekleştirmekten korkuyorum, çünkü o zaman yaşamak için bir sebebim olmayacak.

Sen, koyunları ve piramitleri hayal ediyorsun. Sen benim gibi değilsin, çünkü sen düşlerini gerçekleştirmek istiyorsun. Oysa benim istediğim, Mekke'yi düşlemek sadece. Çölü geçişimi, kutsal taş Hacerü'l-Esved'in bulunduğu meydana varışımı, ona el sürmeden önce Kâbe'nin çevresini yedi kez tavaf edişimi binlerce defa hayal ettim. Yanımda kimlerin olacağını, önümde kimin olacağını, konuşacağımız şeyleri, birlikte edeceğimiz duaları bile hayal ettim. Ama büyük bir hayal kırıklığına uğramaktan korkuyorum; bu yüzden hayal kurmakla yetinmeye çalışıyorum."

Tüccar, o gün sergi tablası yaptırması için izin verdi delikanlıya. Herkes kendi düşlerini aynı şekilde göremez; kendince görür.

+

İki ay daha geçti. Sergi tablası billuriye dükkânına daha çok müşteri çekti. Delikanlı altı ay daha böyle çalışırsa İspanya'ya dönüp altmış koyun alabileceğini hesapladı. Hatta fazladan bir altmış koyun daha alabilecekti. Bir yıldan kısa süre içinde, sürüsünü ikiye katlamış ve Araplarla pazarlık edebilecek duruma gelmiş olacaktı, çünkü bu tuhaf dili öğrenmeyi başarmıştı. Billuriye tüccarı için Mekke nasıl uzak bir hayalse onun için de Mısır uzak bir hayale dönüşmüş olduğu için, pazar yerinde yaşadığı şu malum sabahtan bu yana, Urim ve Tummim'e bir daha başvurmamıştı. Ama işinden hoşnuttu şimdi ve başarıya ulaşmış olarak Tarifa'da karaya ayak basacağı günü aklından çıkarmıyordu.

"Her zaman, ne istediğini bilmek zorunda olduğunu anımsa," demişti yaşlı kral. Ne istediğini biliyordu delikanlı ve bu amaç doğrultusunda çalışıyordu. Belki de bu ilginç ülkeye gelip bir hırsıza rastlamak ve bir kuruş harcamadan sürüsünü ikiye katlamaktı onun hazinesi.

Kendisiyle gurur duyuyordu. Önemli şeyler öğrenmişti: Billuriye ticareti, sözcüksüz dil ve simgeler gibi. Bir öğleden sonra, yokuşun başında bir adam gördü, yokuşu tırmandıktan sonra bir şeyler içecek uygun bir yer bulamamaktan yakınıyordu. Delikanlı artık işaretlerin dilini biliyordu, konuşmak için patronunun yanına gitti:

"Yokuşu çıkan insanlara çay ikram etmeliyiz," dedi ona.

"Çay içebilecekleri bir yığın yer var," diye yanıtladı tüccar.

"Ama biz kristal bardaklarda çay ikram edebiliriz. Bu sayede insanlar çayı çok beğenecekler ve kristal eşya almak isteyecekler. Çünkü insanları en çok etkileyen şey güzelliktir."

Tüccar hiçbir şey söylemeden uzun uzun yardımcısına baktı. Ama o akşam, akşam namazını kılıp dükkânı kapattıktan sonra kaldırıma oturdu ve onu nargile içmeye, Arapların tüttürdüğü şu garip pipodan tüttürmeye davet etti.

"Neyin peşinde koşuyorsun?" diye sordu yaşlı billuriye tüccarı.

"Size neyin peşinde olduğumu söyledim daha önce: Koyunlarımı geri almak zorundayım. Bunun için de para gerek."

Yaşlı adam nargilenin lülesine yeniden köz koydu ve dumanı uzun uzun içine çekti marpuçtan.

"Otuz yıldır bu dükkânı işletiyorum. İyi ve kötü kristal ne olduğunu biliyorum, ticaretin bütün inceliklerini biliyorum. Dükkânıma, boyutlarına, müşterilerime alıştım. Kristal bardaklarla çay satacak olursan, iş daha da büyüyecek. O zaman da ben yaşama tarzımı değiştirmek zorunda kalacağım."

"Peki, iyi bir şey değil mi bu?"

"Kendi hayat tarzıma alıştım ben. Sen gelmeden önce, dostlarım, benim aksime değişirken, işleri kötüye ya da iyiye giderken, burada zaman kaybettiğimi düşünüyordum. Bu da alabildiğine üzüyordu beni. Şimdi durumun böyle olmadığını biliyorum. Gerçekten de dükkân

tam benim hayal ettiğim durumda şimdi. Değişmek istemiyorum, çünkü nasıl değişeceğimi bilmiyorum. Artık tam anlamıyla kendime alışmış durumdayım."

Delikanlı ne diyeceğini bilmiyordu. Bunun üzerine konuşmasını sürdürdü yaşlı adam:

"Benim için beklenmedik bir talih oldun, Tanrı'nın lütfu oldun. Şimdi eskiden bilmediğim bir şeyi biliyorum: Değeri bilinmeyen her lütuf felakete dönüşüyor. Artık hayattan bir şey beklemiyorum. Ama sen, şimdiye kadar aklıma bile getirmediğim zenginliklere ve ufuklara bakmaya zorluyorsun beni. Oysa, şimdi bunların neler olduğunu bildiğim, önümdeki büyük olanakları gördüğüm için, kendimi eskiden olduğundan daha kötü hissedeceğim. Çünkü her şeye sahip olacağımı biliyorum ve istemiyorum bunu."

"İyi ki patlamış mısır satıcısına hiçbir şey söylememişim," diye düşündü delikanlı.

Güneş batarken, bir süre daha nargile içmeyi sürdürdüler. Aralarında Arapça konuşuyorlardı, Arapça konuşabildiği için çok mutluydu delikanlı. Bir dönem, yeryüzünde bulunan her şeyi kendisine, koyunlarının öğretebileceğine inanmıştı. Ama koyunların Arapça öğretmeleri olanaksızdı.

"Yeryüzünde koyunların öğretemeyeceği daha başka şeyler olmalı," diye düşündü, hiçbir şey söylemeden tüccara bakarak. "Çünkü su ve yiyecekten başka bir şey aramıyorlar. Galiba onlar öğretmiyorlar; ben öğreniyorum."

"Mektup," dedi sonunda tüccar.

"Ne anlama geliyor dediğiniz şey?"

"Bunu anlamak için Arap olarak doğmak gerekir. Ama çevirisi 'yazılmış' gibi bir şey."

Ve nargilenin ateşini söndürürken, delikanlıya, müşterilere kristal bardakta çay ikram edebileceğini söyledi.

Öyle zamanlar vardır ki, insan hayat ırmağının akış yönünü değiştiremez.

+

İnsanlar sokağın yokuşunu tırmanıyorlar ve yukarıya varınca yorgunluk hissediyorlardı. Ama yokuşun başında, birbirinden güzel kristaller satılan bir billuriye dükkânı vardı ve bu dükkânda da iç ferahlatıcı nane çayı ikram ediliyordu. İnsanlar, göz kamaştırıcı kristal bardaklarda sunulan nane çayını içmek için dükkâna giriyorlardı.

"Vallahi karımın aklına hiç gelmedi böyle bir şey," diyordu adamın biri; ve bu akşam evine konuklar geleceği, kristal bardakların güzelliğinden etkilenecekleri için, birkaç kristal bardak satın alıyordu. Bir başka müşteri, kristal kaplarda sunulan çayın çok daha iyi olduğunu kendi payına doğruluyordu, çünkü çayın rayihası uçup gitmiyordu. Üçüncü müşteri de, büyülü güçlere sahip olması nedeniyle, çayı kristal içinde ikram etmenin Doğu'ya özgü bir gelenek olduğunu ileri sürüyordu.

Haber kısa sürede yayıldı ve insan kafileleri, çok eski bir ticaret âlemine bu yeniliği getirmiş olan dükkânı görmek için yokuşun tepesine tırmanmaya başladılar. Bunu görenler, kristal bardaklarda çay sunulan başka dükkânlar açtılar; ama bunlar yokuş yukarı bir sokağın tepesinde bulunmadıkları için müşteri yerine sinek avladılar.

Kısa bir süre sonra, tüccar iki yeni müstahdem daha aldı işe. Ayrıca yeniliklere susamış erkek ve kadınların isteklerini karşılamak için dizi dizi kristaller, çuval çuval çay getirtmek zorunda kaldı.

Böylece altı ay geçti.

Delikanlı, güneş doğmadan uyandı. Afrika anakarasına ayak bastığından bu yana tamı tamına on bir ay dokuz gün geçmişti. Özellikle bugün için satın almış olduğu beyaz renkli Arap kılığını giyindi. Deve derisi bir halkayla sarılı türbanını başına geçirdi. Sonunda yeni sandaletlerini giyip gürültüsüzce aşağı indi.

Kent hâlâ uykudaydı. Susamlı simit yiyip kristal bir bardaktan sıcak çay içti. Ardından dükkânın eşiğine oturup tek başına nargile tüttürmeye başladı.

Hiçbir şey düşünmeden tüttürdü nargileyi. Çöl kokusu taşıyarak esen rüzgârın uğultusundan başka bir ses duymuyordu. Sonra, nargile içmeyi bitirince, elini ceplerinden birine soktu ve çıkardığı şeye bir süre baktı.

Yüklüce bir para tutuyordu elinde. Yüz yirmi koyun, dönüş bileti ve kendi ülkesi ile şu anda bulunduğu ülke arasında bir ihracat-ithalat ruhsatı almaya yetecek kadar para.

Yaşlı adamın uyanıp dükkânı açmasına kadar sabırla bekledi. Birlikte çay içmeye gittiler.

"Ben bugün gidiyorum," dedi delikanlı. "Koyunları-

mı almaya yetecek kadar param var. Sizin de Mekke'ye gidecek kadar paranız var."

Yaşlı adam hiçbir şey söylemedi.

"Hayır duanızı istiyorum sizden," diye üsteledi delikanlı. "Bana yardım ettiniz."

Yaşlı adam ses çıkarmadan çay hazırlıyordu. Sonunda, bir süre sonra delikanlıya doğru döndü.

"Seninle gurur duyuyorum," dedi. "Billuriye dükkânıma bir ruh verdin. Ama ben Mekke'ye gitmeyeceğim, biliyorsun bunu. Tıpkı senin koyun satın almayacağını bildiğin gibi."

"Kim söyledi bunu size?" diye sordu delikanlı, şaşkınlıkla.

"Mektup," dedi kısaca, yaşlı billuriye tüccarı.

Ve onun için hayır dua okudu.

Delikanlı odasına gitti ve eşyalarını topladı. Tıka basa dolu üç meşin çanta. Tam ayrılmak üzereyken, odanın bir köşesinde eski çoban heybesinin durduğunu gördü. Acınacak durumdaydı, varlığı tamamen aklından çıkıp gitmişti. İçinde, her zaman olduğu gibi kitabı ve yamçısı vardı. Sokakta karşısına çıkan ilk çocuğa armağan etmeyi düşündüğü yamçıyı heybeden çıkartırken yere iki taş düştü: Urim ile Tummim.

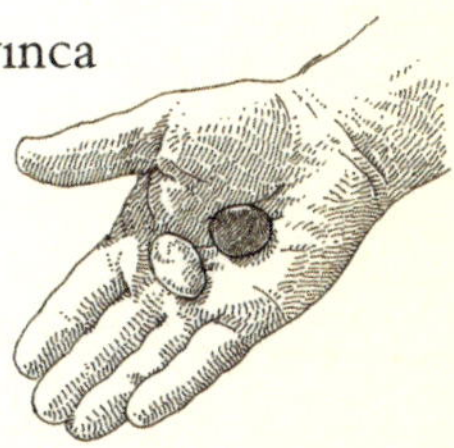

O zaman yaşlı kralı anımsadı; anımsayınca da, bu rastlaşmayı uzun süredir düşünmemiş olduğunu fark ederek şaşırıp kaldı. Bütün bir yıl durmadan çalışmış, İspanya'ya başı önde dönmemek için gereken parayı kazanmaktan başka bir şey düşünmemişti.

"Hayallerinden asla vazgeçme," demişti yaşlı kral. "Simgelere dikkat et."

Urim ile Tummim'i yerden aldı ve yeniden kralın yakınlarda bir yerde olduğu duygusuna kapıldı. Garip bir duyguydu bu. Yıl boyu acımasızca çalışmıştı ve işaretler gitme zamanının geldiğini gösteriyordu.

"Geriye dönüp kaldığım yerden devam edeceğim," diye düşündü delikanlı. "Ne var ki, Arapçayı koyunlardan öğrenmedim."

Ama koyunlar çok önemli başka bir şey öğretmişlerdi: Yeryüzünde herkesin anladığı bir dil vardır ve kendisi, dükkânı geliştirirken bu dilden yararlanmıştır. Bu coşkunun dilidir, arzu edilen ya da inanılan bir şeyi gerçekleştirmek için sevgi ve tutkuyla yapılan girişimlerin dilidir. Tanca artık onun için yabancı bir kent değildi. Burayı fethettiği gibi bütün dünyayı fethedebileceğini hissetti.

"Bir şeyi gerçekten istediğin zaman, arzunu gerçekleştirmeni sağlamak için bütün evren işbirliği yapar," demişti yaşlı kral.

Ama hırsızlardan, uçsuz bucaksız çöllerden, düşlerinin ne olduğunu bilen, ama bunları gerçekleştirmek istemeyen insanlardan söz etmemişti yaşlı kral. Piramitlerin bir taş yığınından başka bir şey olmadığını ve isteyenin kendi bahçesine taş yığabileceğini söylememişti yaşlı kral. Ve eski sürünüzden daha büyüğünü satın alacak kadar paranız olduğunda, bu sürüyü satın almayı kendiniz için görev bildiğinizi de söylemeyi unutmuştu.

Heybeyi toparladı ve öteki çantalarla birlikte aldı. Merdiveni indi; öteki müşteriler kristal bardaklardan çaylarını yudumlarken bir yabancı çifte hizmet etmekteydi yaşlı adam. Sabahın bu erken saatinde, iyi bir başlangıçtı güne. Delikanlı, bulunduğu yerden, billuriye tüccarının saçlarının yaşlı kralın saçlarına tamamen benzediğinin farkına vardı ilk kez. Yersiz yurtsuz, yiyecek içeceksiz durumda Tanca'da uyandığı ilk gün rastladığı şeker tüccarının gülümsemesini anımsadı; bu gülümseme de yaşlı kralı anımsatıyordu.

"Sanki buradan geçmiş ve bir iz bırakmış gibi," diye

düşündü. "Sanki bu insanlar yaşamlarının herhangi bir döneminde kralla karşılaşmışlar gibi." Üstelik kendi Kişisel Menkıbe'sini yaşayan kimseye her zaman göründüğünü de söylemişti.

Billuriye tüccarıyla vedalaşmadan ayrıldı oradan. Kuşkusuz onu görebilirdi ama ağlamak istemiyordu. Ne var ki buradaki yaşantısını, öğrendiği iyi şeyleri özleyecekti. Kendine iyice güveni vardı ve dünyayı ele geçirmek isteği duyuyordu.

"Ama eskiden tanıdığım kırlara gidip gene koyun güdeceğim." Ancak, artık bu kararından dolayı mutlu değildi. Bütün bir yıl, bir düşü gerçekleştirmek için çalışmıştı, ama bu düş, her dakika, giderek önemini yitiriyordu. Belki de gerçekte böyle bir düşü yoktu.

"Kim bilir, belki de billuriye tüccarı gibi olmak daha iyidir? Mekke'ye hiç gitmeden oraya gitme arzusuyla yaşamak." Ama Urim ile Tummim'i elinde tutuyordu ve bu iki taş, yaşlı kralın gücünü ve iradesini kendisine aktarıyordu. "Bir rastlantı –ya da bir işaret– sonucu," diye düşündü. Buraya geldiği ilk gün uğradığı kahveye geldi. Hırsız orada değildi. Kahveci bir bardak çay getirdi.

"Yeniden çoban olabilirim," dedi kendi kendine. "Koyunlara bakmayı öğrendim ve onların nasıl bir şey olduklarını unutamam kesinlikle. Ama belki de Mısır piramitlerine gitme olanağım olmayacak bir daha hiçbir zaman. Yaşlı adamın göğsünde altın bir göğüslük vardı ve benim geçmişimi biliyordu. Gerçek bir kraldı, bir bilge kral."

Endülüs ovaları ile arasında vapurla iki saatlik bir mesafe vardı ancak, ama kendisiyle piramitler arasında çöl vardı. Delikanlı durumu bir başka açıdan da görebileceğini düşündü. Aslında şimdi hazinesine iki saat daha az uzaktaydı. Bu iki saatlik menzile varmak için aşağıyukarı bir yıl harcamış olsa bile.

"Koyunlarıma neden kavuşmak istediğimi çok iyi biliyorum. Koyunları çoktandır tanıyorum; insana fazla yük olmazlar ve sevebilirim onları; hazinemi çöl gizliyor, ama çölü sevecek miyim, sevmeyecek miyim, bunu bilmiyorum. Hazineyi bulamayacak olursam, gene yurduma dönebilirim. İşte, hayat ihtiyacım olan parayı bir anda verdi bana ve gereken zamanım da var. Öyleyse neden olmasın?"

O anda içinde müthiş bir rahatlama hissetti. İstediği anda tekrar çobanlık yapabilirdi. Canının çektiği anda kristal satıcısı olabilirdi. Belki de dünya, başka hazineler de gizliyordu ama kendisi bir tek düş görmüş ve bir krala rastlamıştı. Bu da herkesin başına gelmezdi.

Kahvehaneden çıkarken çok mutluydu. Tüccara mal sağlayan müteahhitlerden birinin, kristalleri, çölü geçen kervanlarla getirdiğini anımsamıştı. Urim ile Tummim'i eline aldı; bu iki taş sayesinde, işte yeniden hazinenin izini sürüyordu.

"Ben her zaman kendi Kişisel Menkıbe'sini yaşayanların yanındayım," demişti yaşlı kral.

Piramitlerin gerçekten de çok uzakta olup olmadıklarını öğrenmek için ambara kadar yürüse ne kaybederdi?

+

Türlü türlü hayvan, ter ve toz kokan bir binanın içinde oturuyordu İngiliz. Artık buraya ambar demek olanaksızdı; burası tam anlamıyla bir ahırdı. "Demek bütün ömrümü böyle bir yere ulaşmak için harcamışım," diye düşündü, bir kimya dergisinin sayfalarını dalgın dalgın karıştırarak. "On yıl öğrenimden sonra bir ahıra ulaştım."

Ama sürdürmek gerekiyordu. Simgelere inanmak gerekiyordu. Bütün hayatının, gördüğü öğrenimlerin bir tek amacı vardı: Evrenin konuştuğu biricik gerçek dili bulmak. Başlangıçta Esperanto dilini öğrenmiş, ardından dinleri incelemiş ve sonunda simyaya merak sarmıştı. Esperantoca konuşmayı biliyordu, değişik dinlerin hepsini eksiksiz anlıyordu, ama henüz bir simyacı değildi. Kuşkusuz, birçok önemli sorunu çözmeyi başarmıştı. Ama araştırmaları öyle bir evreye ulaşmıştı ki, bundan öteye gitmesi olanaksız gibiydi. Herhangi bir simyacıyla ilişki kurmak istemiş, ancak bunda başarılı olamamıştı. Ne var ki, tuhaf insanlardı şu simyacılar, kendilerinden başkasını düşünmüyorlar ve ona yardımcı olmayı kabul etmiyorlardı. Kim bilir, belki de sihirli taşın[1] –başka bir deyişle, Felsefe Taşı'nın– gizini keşfedememişlerdi ve belki de bu yüzden sessizliğe gömülüyorlardı?

Felsefe Taşı'nı boş yere ararken babasından kalan servetin bir bölümünü harcamıştı. Dünyanın en büyük kütüphanelerine gitmiş, simyacılıkla ilgili en önemli, en ender kitapları satın almıştı. Bu kitaplardan birinde, ünlü bir Arap simyacının bundan yıllar önce Avrupa'yı ziyaret ettiğini okumuştu. Kitapta, bu Arap simyacının iki yüzyılı aşkın bir süre önce, Felsefe Taşı'nı ve Ebedi Hayat İksiri'ni keşfettiğini yazıyordu. Bu öykü, İngiliz'i etkilemişti. Ama dostlarından biri çöle yaptığı bir arkeoloji gezisinden sonra, olağanüstü güçleri olan bir Arap'tan söz etmemiş olsaydı, bunun da tıpkı ötekiler gibi bir efsaneden başka bir şey olmadığını düşünecekti.

"Fayum Vahası'nda yaşıyor," demişti. "İnsanlar, yaşının iki yüz yılı aştığını ve herhangi bir madeni, altına dönüştürme gücüne sahip olduğunu söylüyor."

Kendinden geçen İngiliz, müthiş heyecanlanmıştı. Bunun üzerine, önceden yapmış olduğu bütün anlaşma-

1. Simyacılara göre madenleri altına çeviren taş. (Ç.N.)

ları bozdu, en önemli kitaplarını yanına aldı ve işte dışarıda büyük bir kervan Sahra'yı geçmek üzere hazırlanırken kendisi bir ahıra benzeyen bu ambarda bekliyordu. Ve bu kervan, Fayum'dan geçecekti.

"Şu lanet olasıca Simyacı'yı mutlaka bulmalıyım," diye düşündü İngiliz. Ve hayvanların kokusu daha bir katlanılır oldu.

İngiliz'in bulunduğu binaya, çantalar yüklenmiş bir Arap genci girdi ve onu selamladı.

"Nereye gidiyorsunuz?" diye sordu genç Arap.

"Çöle," diye yanıtladı İngiliz; ve tekrar okumaya daldı. Şu anda kimseyle konuşmak istemiyordu. Simyacı kendisini kuşkusuz sınavdan geçireceği için on yıl içinde öğrenmiş olduklarını anımsaması gerekiyordu.

Arap genç de bir kitap çıkartıp okumaya başladı. Kitap İspanyolca yazılmıştı. "Bir şans," diye düşündü İngiliz. İspanyolcayı, Arapçadan daha iyi konuşuyordu; bu delikanlı da Fayum'a gidecekse, önemli şeylerle uğraşmadığı zamanlar yanında sohbet edecek biri olacaktı.

"Çok garip," diye düşündü delikanlı, öykünün başında yer alan cenaze törenini yeniden okurken. "Kitabı okumaya başlayalı neredeyse iki yıl olacak; bir süre sonra, ama bu sayfalardan öteye geçemedim." Yanında kendisine engel olacak bir kral bulunmasa da, dikkatini kitapta toplayamıyordu. Ama şimdi önemli bir şeyi anlıyordu: Bir şeye karar vermek, başlangıçtan başka bir şey değildir. İnsan bir şeye karar verdiği zaman, karar verdiği sırada hiç öngörmediği, düşünde bile aklına gelmeyen bir yöne doğru, şiddetli bir akıntıya kapılıp gidiyordu.

"Hazinemi aramaya karar verdiğimde, bir billuriye

dükkânında çalışacağım hiç aklıma gelmemişti," diye içinden geçti, düşüncesini doğrulamak için. "Aynı şekilde, bu kervan, almış olduğum bir karara uygun olabilir, ama güzergâhı bir giz olarak kalacak her zaman."

Karşısında, dergi okuyan bir Avrupalı vardı. Sevimsiz bir adamdı. İçeri girdiğinde kendisine küçümseyerek bakmıştı. Belki dost olabilirlerdi ama Avrupalı hiç konuşmuyordu.

Delikanlı kitabını kapattı. Bu Avrupalıyla arasında herhangi bir bağ kurulmasına olanak verecek hiçbir şey yapmak istemiyordu. Cebinden Urim ile Tummim'i çıkartıp onlarla oynamaya başladı.

Yabancı bir çığlık attı:

"Bir Urim ile bir Tummim!"

Delikanlı taşları hemen cebine koydu.

"Satılık değiller," dedi.

"Pek bir şey etmezler," dedi İngiliz. "Alt tarafı iki kaya kristali, hepsi bu. Yeryüzünde milyonlarca kaya kristali var, ama anlayanlar için, Urim ile Tummim bunlar. Dünyanın bu bölgesinde bulunduklarını bilmiyordum."

"Bunları bana bir kral armağan etti," dedi delikanlı.

Yabancı şaşırıp kaldı. Sonra elini cebine sokup titreyerek iki benzer taş çıkardı.

"Bir kraldan söz ediyordunuz," dedi.

"Sanki bir kralın bir çobanla konuşmayacağına inanıyorsunuz," dedi delikanlı. Bu kez konuşmayı kendisi sona erdirmek istiyordu.

"Tam tersine. Çobanlar, kimsenin tanımak istemediği bir krala saygı gösteren ilk insanlardır.[1] Bu nedenle,

1. "İsa'nın, Kral Hirodes devrinde Yahudiye'nin Beytlehem kentinde doğmasından sonra bazı yıldızbilimciler, doğrudan Yeruşalim'e gelip şöyle dediler: Yahudilerin kralı olarak doğan çocuk nerede? Doğuda onun yıldızını gördük ve ona tapınmaya geldik." (Yeni Ahit, "Matta", 2:1-2.) (Ç.N.)

kralların çobanlarla konuşmasının olağanüstü bir yanı yok."

Ve delikanlının söylediklerini iyi anlamamasından çekinerek ekledi:

"İncil'de geçer. Bu Urim ile bu Tummim'i yapmayı bu kitaptan öğrendim. Bu taşlar, Tanrı'nın izin verdiği biricik kâhinlik araçlarıdır. Rahipler altından bir göğüslükte taşırlardı bunları."

Delikanlı birden burada olduğu için mutlu hissetti kendini.

"Belki de bir işarettir bu," dedi İngiliz, sanki yüksek sesle düşünüyormuşçasına.

"Size işaretlerden kim söz etti?"

Delikanlının ilgisi her an giderek artıyordu.

"Hayatta, her şey işarettir," dedi İngiliz, okumakta olduğu dergiyi kapatarak. "Evren, herkesin anlayacağı bir dilde var olmuştur, ama insanlar unutmuştur bu dili. Birçok şeyle birlikte bu Evrensel Dil'i arıyorum ben. Bu yüzden buradayım. Çünkü bu Evrensel Dil'i bilen birini bulmam gerekiyor. Bir Simyacı."

Konuşma, ambar yöneticisinin araya girmesiyle kesildi.

"Talihiniz var," dedi şişko Arap. "Bu öğleden sonra bir kervan yola çıkıyor Fayum için."

"Ama ben Mısır'a gideceğim," dedi delikanlı.

"Fayum da Mısır'dadır," diye yanıtladı şişko adam. "Tuhaf bir Araplık var sende!"

Delikanlı, aslında İspanyol olduğunu söyledi. İngiliz sevindi buna: Arap gibi giyinmiş de olsa, hiç değilse bir Avrupalıydı.

"İşaretleri 'talih' diye tanımlıyor adam," dedi İngiliz, şişko Arap dışarı çıkınca. "Becerebilsem, 'talih' ve 'rastlantı' sözcükleri üzerine büyük bir ansiklopedi yazardım. Evrensel Dil bu sözcüklerle yazılır."

Sonra konuşmayı sürdürdüler. İngiliz, delikanlıya kendisini, elinde Urim ile Tummim'le bulmasının bir rastlantı olmadığını söyledi. Ona, onun da Simyacı'yı aramaya gidip gitmediğini sordu.

"Ben bir hazine aramaya gidiyorum," diye yanıtladı delikanlı ve bunu söyler söylemez pişman oldu.

Ama İngiliz onun bunu söylemesine pek önem vermiyormuş gibi görünüyordu.

"Bir bakıma ben de," dedi.

"Ama ben simyanın ne anlama geldiğini bile bilmiyorum," diye ekledi delikanlı, ambar yöneticisinin kendilerini dışarıdan çağırdığı sırada.

"Ben kervanbaşıyım," dedi uzun sakallı, siyah gözlü bir adam. Kılavuzluk ettiğim herkesin üzerinde ölüm ve kalım hakkım vardır. Çünkü çöl, erkekleri bazen çıldırtan kaprisli kadına benzer."

Ortalıkta iki yüze yakın insan ve bunun iki katı kadar da hayvan vardı. Hecın develeri, atlar, katırlar, kuşlar. Kadınlar ve çocuklar da vardı ve birçok insan belinde kılıç ya da omzunda uzun namlulu silah taşıyordu. İngiliz'in yanında içi kitap dolu bir yığın yolculuk sandığı vardı. Alanda bir harran gürra ki, değmeyin gitsin. Doğal olarak, kervanbaşı herkesin iyice anlaması için aynı söylevi birkaç kez tekrarladı:

"Burada her milletten insan var ve bu insanların yüreğinde türlü çeşitli tanrı var. Benim tek Tanrım, Allah'tır ve Allah adına yemin ederim ki, çölü bir defa daha alt etmek için, elimden gelen her şeyi ve en iyisini yapacağım. Amma ve lakin, herkesin, inandığı Tanrı adına bütün kalbiyle yemin etmesini istiyorum ki bana her zaman kayıtsız şartsız itaat edilecektir. Zira, çölde itaatsizliğin anlamı ölümdür."

Kalabalıkta boğuk bir fısıltıdır gitti. Herkes kendi tanrısının tanıklığında mırıldanarak yemin ediyordu. Delikanlı, İsa için yemin etti. İngiliz, ağzını açmadı. Mırıltı, basit bir yeminden daha uzun sürdü. İnsanlar, Tanrı'nın esirgemesi için de dua ediyorlardı.

Uzun uzun bir boru çaldı ve herkes bineklerine bindi. Delikanlı ile İngiliz binek olarak deve satın almışlardı, bu yüzden hayvanlara binmekte epeyce zorlandılar. Delikanlı, ağır kitap sandıkları yüklenmiş olan İngiliz'in devesinin haline acıdı.

"Rastlantı yoktur," dedi İngiliz, ambarda başlamış oldukları konuşmayı sürdürerek. "Buraya gelmeme bir arkadaşım sebep oldu, çünkü bu arkadaşım bir Arap tanıyordu ki bu Arap..."

Ama kervan yola koyuldu ve anlattıklarını duymak olanaksızlaştı. Delikanlı neyin söz konusu olduğunu çok iyi biliyordu: Bir şeyi bir başka şeye bağlayan, kendisini çoban olmaya yönlendiren, aynı düşü birkaç kez görmesine, Afrika'ya yakın bir kente gelmesine, bir alanda bir krala rastlamasına, bir hırsız tarafından soyulmasına ve bunun sonucu olarak da bir billuriye tüccarıyla tanışmasına, vb. yol açan gizemli bir zincir, gizemli bir bağ.

"İnsan, hayaline yaklaştıkça, Kişisel Menkıbe daha çok gerçek yaşama nedeni oluyor," diye düşündü delikanlı.

Kervan, gündoğusu yönünde yola koyuldu. Gün boyu yol alıyor, güneş azgınlaşmaya başlayınca mola veriyor, sonra güneş inmeye başlayınca tekrar yola koyuluyorlardı. Delikanlı, zamanının çoğunu kitap okumakla geçiren İngiliz'le pek konuşmuyordu.

Bu nedenle, çölde ilerleyen insan ve hayvanları sessizce gözlemlemeye koyuldu. Yola çıktıkları güne göre şimdi hcr şcy farklıydı. O gün bir "haydı huydu", bağırıp çağırma, küçük çocukların zırıltıları, at kişnemeleri birbirine karışıyor ve bu kargaşanın içinde rehberlerle tüccarların sabırsız komutları duyuluyordu.

Ama çölde, sürekli esen rüzgâr ve hayvanların ayak seslerinden başka bir şey yoktu. Rehberler bile artık kendi aralarında konuşmuyorlardı.

"Şu gördüğün kum enginliklerini birçok kez geçtim daha önce," dedi bir akşam bir deveci. "Ama çöl öylesine geniş ve ufuk öylesine uzaklarda ki, insan kendini küçücük hissediyor ve susuyor, ağzını açamıyor."

Şimdiye kadar hiç çöl geçmemiş olmasına karşın, devecinin ne demek istediğini anladı delikanlı. Çünkü ne zaman bir denize ya da bir ateşe baksa doğa olaylarının sonsuzluk ve gücünün derinliklerine dalıp ağzını açmadan saatler geçirebilirdi.

"Koyunlardan, kristallerden çok şey öğrendim," diye düşündü. "Aynı şekilde çölden de bir şeyler öğrenebilirim. Çünkü hem daha yaşlı, hem daha bilge."

Rüzgâr durmadan esiyordu. Tarifa'da, surların üzerinde oturduğu sırada yüzünde hissettiği rüzgârın, bu rüzgâr olduğunu anımsadı. Belki de aynı rüzgâr, şu anda su ve yiyecek peşinde Endülüs kırlarında dolaşan koyunların yününü okşayarak geçiyordu.

"Artık benim koyunlarım değiller," diye düşündü, gerçek bir özlem duymaksızın. "Başka bir çobana alıştılar ve kuşkusuz unuttular beni. Böylesi çok iyi. Koyunlar gibi dolaşmaya alışmış kimse, ayrılık vaktinin geleceğini her zaman bilir."

Sonra tüccarın kızını anımsadı. Hiç kuşkusuz çoktan evlenmişti kız, bundan emindi. Belki de bir patlamış mısır satıcısıyla ya da okuma bilen ve ona olağanüstü öyküler anlatmayı beceren bir başka çobanla. Herhalde bunları becerebilen yalnızca kendisi değildi. Ama bu önsezi içini altüst etti. Kendisi de, kim bilir bütün insanların geçmişine ve şimdisine tanıklık eden şu ünlü Evrensel Dil'i öğrenmekteydi belki? "Önseziler," derdi annesi sık sık. Önsezilerin, içinde bütün insan hayatlarının bir bütün oluşturacak şekilde birbirine bağlandığı hayat ırmağının evrensel akışına ruhun yaptığı âni dalışlar olduğunu anlamaya başlamıştı: Öyle ki, her şey yazılı olduğu için, her şeyi bilebilirdik.

"Mektup," dedi, billuriye tüccarını düşünerek.

Çöl, kimi yerde kumlarla, kimi yerde de taşlarla kaplıydı. Kervan, bir taş kütlesiyle karşılaşınca çevresini dolaşıyordu; taş yığınıyla karşılaşınca bu yığınların sınırı-

nı izliyordu. Deve ayaklarına ince gelen kumla karşılaşınca, kumun daha sağlam olduğu bir geçit aranıyordu. Kimi zaman, tuzla kaplı kurumuş göl yataklarıyla karşılaşıyorlardı. Hayvanlar zorlanıyor, bunun üzerine deveciler aşağı atlayıp hayvanlara yardım ediyorlardı. O zaman, yükleri kendi sırtlarına alıp tehlikeli yeri geçtikten sonra hayvanlara yeniden yüklüyorlardı. Bir rehber ölürse ya da hastalanırsa deveciler onun yerini doldurmak için kendi aralarında kura çekiyorlardı.

Ama bütün bunların bir tek nedeni vardı: Hep aynı hedefi amaçladığı için, kervanın bunca dolaşmasının pek bir önemi yoktu. Bütün engeller aşılınca, vahanın hangi yönde bulunduğunu gösteren yıldızı karşısında buluyordu. Ve insanlar sabahın erken saatlerinde gökyüzünde parıldayan bu yıldızı görünce, onun kendilerine kadınların, suyun, palmiyelerin ve hurmaların bulunduğu yeri gösterdiğini biliyorlardı. Bunları bir tek İngiliz fark etmiyordu: Çoğunlukla kitaplarından birini okuyor oluyordu.

Delikanlının da yolculuğun ilk günlerinde okumayı denediği bir kitabı vardı. Ama o, kervanı gözlemlemeyi, rüzgârın sesini dinlemeyi çok daha ilginç buluyordu. Devesini daha iyi tanımayı öğrenip de ona yakınlık duymaya başlar başlamaz, kitabı bir yana attı. Bununla birlikte bir boş inancı da vardı: Bu kitabı ne zaman açsa, önemli bir insana rastlayacağını düşünüyordu.

Sonunda, sürekli olarak yanında giden bir deveciyle dost oldu. Akşam konaklamalarında, ateşin çevresinde dinlenirken, ona çobanlık yaptığı sırada başından geçen ilginç olayları anlatıyordu.

Deveci bu sohbetlerden birinde ona kendi hayatını anlatmaya başladı.

"El-Kairum yakınlarındaki bir köyde oturuyordum," dedi. "Bir bostanım, çocuklarım ve ölümüme kadar değişmeyecek bir hayatım vardı. Bir yıl ürün her zamankinden daha bol oldu, biz de Mekke'ye gittik ve böylece o zamana kadar yerine getirmemiş olduğum bir farizamı eda etmiş oldum. Artık gönül rahatlığıyla ölebilirdim ve öldüğüm için de mutlu olurdum.

Bir gün yer titremeye başladı ve kabaran Nil, yatağından taştı. O zamana kadar yalnızca başkalarının başına geldiğini sandığım şey, benim de başıma geldi. Komşularım, sel yüzünden zeytin ağaçlarını yitireceklerinden korktular; karım çocuklarının sulara kapılıp gitmesinden korktu. Ben de sahip olmayı başardığım şeylerin yok olacağı düşüncesiyle korkuya kapıldım.

Ama çaresi yoktu bunun. Topraktan elde edilecek bir şey kalmamıştı artık, ben de yaşamak için başka bir çare aradım. Şimdi devecilik yapıyorum. Ama bu sayede Allah'ın kelamını anlayabildim: Kimse bilinmezden korkmamalı, çünkü herkes istediği ve ihtiyaç duyduğu şeyi ele geçirebilir.

İster hayatımız, ister ekin tarlalarımız olsun, sahip olduğumuz şeyleri yitirmekten korkarız. Ama hayat hikâyemiz ile dünya tarihinin aynı El tarafından yazılmış olduğunu anladığımız zaman, bunu anlar anlamaz, bu korku uçup gider."

Bazen, akşam konaklamalarında kervanlar karşılaşıyorlardı. Sanki her şey bir Yüce El tarafından yazılmış gibi, bir kervanın gereksinim duyduğu şey ötekinde bulunuyordu. Deveciler kum fırtınaları konusunda birbirlerine bilgi veriyorlar; ateşin çevresinde toplanıp çölle ilgili öyküler anlatıyorlardı.

Kimi zaman, yüzleri peçeli gizemli insanlar da geliyordu: Kervanların izlediği yolu gözetleyen bedevilerdi bunlar. Soyguncular, asi kabileler konusunda bilgi veriyorlardı. Koyu renkli cellabyalarına[1] ve yalnızca gözlerini açıkta bırakan kefiyelerine sarınmış olarak, sessizce gelip sessizce gidiyorlardı.

Bu gecelerden birinde, ateşin önünde oturan delikanlı ile İngiliz'in yanına deveci de geldi.

"Kabileler arasında savaş söylentileri var," dedi.

Üçü birden sustular. Genç İspanyol, kimse ağzını açıp bir şey söylememesine karşın, ortalığı bir korku sardığını fark etti. Sözsüz dili, Evrensel Dil'i bir kez daha anlıyordu.

Bir süre sonra tehlike olup olmadığını sordu İngiliz.

"Çöle giren kimse için geri dönüş yoktur," diye yanıtladı deveci. "Geriye de dönemediğine göre, çaresi yok, en iyi nasıl ilerler, o yolu bulacaktır. Tehlike de dahil olmak üzere gerisini Allah bilir."

Ve sözünü gizemli "Mektup!" sözcüğüyle bitirdi.

Deveci yanlarından ayrılınca delikanlı İngiliz'e, "Kervanlara daha çok dikkat etmelisiniz," dedi. "Dolambaçlı bir yol izliyorlar, ama hep aynı noktaya gidiyorlar."

"Siz de dünya konusunda daha çok şey okumalısınız," diye yanıtladı İngiliz. "Kitaplar tıpkı kervanlara benzerler."

1. Kuzey Afrika'da uzun kollu, başlıklı giysi. (Ç.N.)

Kervan, bundan sonra daha hızlı ilerlemeye başladı. Artık sessizlik yalnızca gündüzleri egemen değildi. Akşamları, insanların sohbet etmek için ateş başında toplanmaya alıştıkları saatlerde de yavaş yavaş sessizlik hüküm sürmeye başladı. Bir gün kervanbaşı, geceleyin dikkat çekmemek için ateş yakılmamasına karar verdi.

Bunun üzerine yolcular, üşümemek için hayvanların oluşturduğu bir çemberin ortasında hep birlikte uyumaya başladılar. Kervanbaşı ayrıca konak yerinin çevresine gözcüler koydu.

Bu gecelerden birinde, bir türlü uyuyamayan İngiliz, gidip genç İspanyol'u buldu; birlikte, yakınlardaki kumullarda gezindiler. O gece dolunay vardı. Delikanlı bütün yaşam öyküsünü İngiliz'e anlattı.

İngiliz, delikanlının çalışmaya başlamasından sonra her gün daha bir gelişen billuriye dükkânı evresine özel bir ilgi gösterdi.

"Her şeyi temel kural yönlendiriyor," dedi. "Buna simyada Evrenin Ruhu adı verilir. Bütün kalbimizle bir şey istediğimiz zaman, Evrenin Ruhu'na daha yakın oluruz. Olumlu bir güçtür."

Ayrıca, bunun insanlara özgü bir ayrıcalık olmadığını söyledi. İster bir maden, ister bir bitki, ister bir hayvan ya da düşünce olsun, yeryüzünde bulunan her şeyin bir ruhu vardı:

"Toprağın altında ve üzerinde bulunan her şey durmadan değişir, çünkü toprak canlıdır ve bir ruhu vardır. Bizler bu Ruh'un birer parçasıyız ve onun bizim yararımıza çalıştığını çok az biliriz. Billuriye dükkânında, vazoların da sizin başarınıza katkıda bulunduklarını anlamalısınız."

Delikanlı, ay ışığını ve beyaz kumları seyrederek bir süre konuşmadı.

"Çölde ilerleyen kervanı gözlemledim," dedi sonunda. "Kervan ve çöl, aynı dili konuşuyorlar; çöl, kervanın ilerlemesine bu nedenle izin veriyor. Kendisiyle kusursuz bir eşuyum içinde olup olmadığını anlamak için, kervanın her adımını hissediyor; ve durum böyleyse kervan, vahaya ulaşacaktır. Ama, içimizden biri ne kadar cesur olursa olsun, bu dili anlamayacak olsaydı, daha ilk gün ölürdü."

Birlikte ay ışığını seyretmeyi sürdürdüler.

"Simgelerin büyüsü," diye sürdürdü konuşmasını delikanlı. "Rehberlerimizin, çölün işaretlerini nasıl okuduklarını, kervanın ruhunun çölün ruhuyla nasıl konuştuğunu gördüm."

Bir süre sonra İngiliz konuşmaya başladı:

"Gerçekten de kervana biraz daha dikkat etmeliyim," dedi sonunda.

"Ben de kitaplarınızı okumalıyım," diye yanıtladı delikanlı.

Tuhaf kitaplardı bunlar. Civadan, tuzdan, ejderhalardan ve krallardan söz ediyorlardı ama o hiçbir şey anlamıyordu. Ne var ki, sanki bütün kitaplarda sürekli tekrarlanan bir düşünce var gibiydi: Her şey, bir ve tek şeyin belirtisidir.

Bu kitaplardan birinden, simyanın en önemli metninin yalnızca birkaç satırdan oluştuğunu ve bir zümrüt üzerine yazılı olduğunu öğrendi.

"Zümrüt levha," dedi İngiliz, arkadaşına bir şey öğrettiği için gurur duyarak.

"Ama öyleyse neden bu kadar çok kitap var?"

"Bu birkaç satırı yorumlamak için," dedi İngiliz. Aslında kendisi de bu yanıta tam olarak inanmış değildi.

Delikanlının en çok ilgi duyduğu kitapta, ünlü simyacıların yaşamöyküleri yer alıyordu. Bütün yaşamlarını, laboratuvarlarında madenleri arıtmaya adamış insanlardı simyacılar... Bir maden, yıllarca ateşte pişirilecek olursa kendine özgü bütün niteliklerinden kurtulacağına ve onun yerine geriye Evrenin Ruhu'nun kalacağına inanıyorlardı. Bu Yüce Nesne, simyacıların yeryüzünde bulunan her şeyi anlamalarına olanak sağlıyordu. Çünkü bu Yüce Nesne, bütün nesnelerin kendi aralarında iletişim kurmalarını sağlayan dildi. Büyük Marifet ya da Büyük Yapıt adını verdikleri bu bulgu, iki parçadan oluşuyordu: sıvı ve katı.

"Bu dili anlamak için, insanları ve simgeleri gözlemlemek yeterli değil midir?" diye sordu delikanlı.

"Her şeyi basitleştirmek gibi bir saplantınız var," diye yanıtladı İngiliz, öfkeyle. "Simya ciddi bir iştir. Sürecin bütün evrelerini, üstatların öğrettikleri gibi izlemek zorunludur."

Delikanlı, Büyük Yapıt'ın sıvı kesimine Ebedî Hayat İksiri adı verildiğini çıkardı. Bu iksir yalnızca bütün hastalıkları iyileştirmekle kalmıyor, aynı zamanda simyacıların yaşlanmalarına engel oluyordu. Katı kesimine Felsefe Taşı adı veriliyordu.

"Felsefe Taşı'nı bulmak öyle kolay bir iş değildir," dedi İngiliz. Simyacılar, madenleri arıtan ateşi gözlemlemek için yıllarca laboratuvarlarına kapanıyorlardı. Ateşe bakmaya kendilerini öylesine veriyorlardı ki, vicdanlarında, dünyanın bütün fani değerlerinden kurtulup arınıyorlardı. Ve sonunda, bir gün, madenleri arıtmanın aslında kendilerini arındırmak olduğunu anlıyorlardı.

Delikanlı o zaman billuriye tüccarını anımsadı. Billuriye tüccarı, ikisini de kötü düşüncelerden kurtardığı için, kristal vazoları temizlemenin iyi bir şey olduğunu söylemişti. Giderek, simyanın gündelik yaşamdan öğrenilmesi gerektiğine inanıyordu delikanlı.

"Üstelik," diye yeniden konuşmaya başladı İngiliz, Felsefe Taşı'nın tam anlamıyla olağanüstü bir özelliği vardır. "Büyük bir adi maden kütlesini altına çevirmek için küçücük bir parçası yeter."

O andan sonra, delikanlının simyaya olan ilgisi iyice büyüdü. Biraz sabırla, her şeyi altına dönüştürebileceğini düşünüyordu. Bunu başarmış olan insanların yaşamöykülerini okudu: Helvetius, Elias, Fulcanelli, Geber. Büyüleyici öykülerdi bunlar: Hepsi kendi Kişisel Menkıbe'lerini sonuna kadar yaşıyorlardı. Yolculuklar yapıyor, bilginlerle buluşuyor, inançsızların gözlerinin önünde mucizeler yaratıyor ve Felsefe Taşı ile Ebedî Hayat İksiri'ni ellerinde bulunduruyorlardı.

Ama kendisi, Büyük Yapıt'a ulaşma yöntemini öğrenmeye kalkışınca tam anlamıyla şaşırıp kalıyordu. Bu konuda, desenlerden, şifreli bilgilerden, anlamı karanlık metinlerden başka bir şey yoktu.

"Neden anlaşılması bunca güç bir dil kullanıyorlar?" diye sordu bir akşam İngiliz'e delikanlı.

Bu arada İngiliz'in oldukça keyifsiz göründüğünü fark etti, sanki kitaplarını özlemiş gibi.

"Anlamak için yeterince sorumluluk duyanların, yalnızca bunların anlayabilmeleri için," diye yanıtladı İngiliz. "Herkesin kurşunu altına dönüştürmeye kalkıştığını düşünün biraz. Bir süre sonra altının hiçbir değeri kalmazdı. Yalnızca, inatçı insanlar, dirençli araştırmacılar Büyük Yapıt'ı gerçekleştirmeyi başarabilirler. Çölün ortasında bulunuşumun nedeni de bu işte. Şifreleri çözmeme yardım edecek gerçek bir simyacıyı bulmak için."

"Bu kitaplar ne zaman yazıldılar?" diye sordu delikanlı.

"Birkaç yüzyıl önce."

"O sıralar, basımevi yoktu henüz. Simya bilgisine herkesin ulaşması olanaksızdı. Peki, bu tuhaf dilin, bu simgelerin amacı ne?"

Bu diretmeye karşın, soruyu yanıtlamadı İngiliz. Birkaç gündür kervanı dikkatle gözlemlediğini ve yeni bir şey keşfetmediğini söyledi. Ancak bir şey fark etmişti: Giderek savaştan daha çok söz ediliyordu.

Bir gün delikanlı, kitaplarını İngiliz'e geri verdi.

"Epeyce bir şeyler öğrendiniz mi bari?" diye sordu İngiliz, sabırsız bir merakla. Savaş korkusundan kurtulmak için birisiyle konuşmaya gereksinimi vardı.

"Evrenin bir ruhu olduğunu ve bu ruhu anlayan kimsenin nesnelerin dilini anlayacağını öğrendim. Birçok simyacının kendi Kişisel Menkıbe'sini yaşadığını ve sonunda Evrenin Ruhu'nu, Felsefe Taşı'nı, Ebedî Hayat İksiri'ni keşfettiklerini öğrendim.

Özellikle de, bu şeylerin çok basit olduğunu ve bir zümrüdün üzerine yazılabileceklerini öğrendim."

İngiliz hayal kırıklığına uğradı. Yıllar süren öğrenim,

büyülü simgeler, güçlükle öğrenilen sözcükler, laboratuvar aletleri, bunların hiçbiri delikanlıyı etkilememişti. "Bu şeyleri öğrenemeyecek kadar yontulmamış bir ruhu olmalı," diye düşündü.

Kitaplarını alıp devenin havuduna asılı duran çantalarına koydu.

"Gidip kervanınızı gözlemlemeyi sürdürün," dedi. "Sizin kervan da önemli bir şey öğretmedi bana."

Delikanlı, çölün sessiz enginliğini, hayvanların yürürken kaldırdıkları kumu seyretmeye koyuldu. "Herkesin kendine göre bir öğrenme tarzı var," diye tekrarlıyordu kendi kendine. "Onun öğrenme tarzı, benim öğrenme tarzım değil; benim öğrenme tarzım, onun tarzı değil. Ama o da, ben de kendi Kişisel Menkıbe'mizi arıyoruz; bu yüzden ona saygı duyuyorum."

Kervan artık hem gece, hem de gündüz yol alıyordu. Yüzleri peçeli ulaklar, giderek daha sık gelmeye başlamıştı. Şimdilerde delikanlıya arkadaş gibi davranan deveci, kabileler arasında savaş çıktığını söylemişti. Vahaya vaktinde varabilirlerse talihli sayılırlardı.

Hayvanlar bitkin düşmüş, insanlar giderek sessizleşmişlerdi. Sessizlik geceleyin daha ürkütücüydü. Özellikle de bir devenin bozlaması (daha önce, alt tarafı bir deve bozlamasıydı) ortalığa korku saldığı zaman: Bu bir saldırı işareti olabilirdi.

Ne var ki, savaş tehdidinden çokça etkilenmiş gibi görünmüyordu deveci.

"Yaşıyorum," dedi delikanlıya, "aysız ve kamp ateşsiz bir gece," hurma yerken. "Ve bir şey yerken yemekten başka bir şey düşünmem. Yürüdüğüm zaman da yürüye-

ceğim, hepsi bu. Savaşmak zorunda kalırsam, ölüm şu gün ya da bu gün gelmiş vız gelir tırıs gider. Çünkü ben ne geçmişte, ne de gelecekte yaşıyorum. Benim yalnızca şimdim var ve beni sadece o ilgilendirir. Her zaman şimdide yaşamayı başarabilirsen mutlu bir insan olursun. Çölde hayat olduğunu, gökyüzünde yıldızlar olduğunu ve insan hayatının özünde bulunduğu için kabile muhariplerinin savaştıklarını anlayacaksın. O zaman hayat bir bayram, bir şenlik olacak; çünkü hayat, yaşamakta olduğumuz andan ibarettir ve sadece budur."

İki gece sonra, uykuya dalmak üzereyken yürüyüş yönlerini gösteren yıldıza baktı delikanlı. Sanki ufuk biraz daha yaklaşmış gibiydi, çölün üzerinde yüzlerce yıldız vardı.

"Orası vaha," dedi deveci.

"Öyleyse niçin hemen gitmiyoruz oraya?"

"Çünkü uyumamız gerek."

Güneş ufuktan yükselmeye başlarken gözlerini açtı delikanlı. Karşısında, geceleyin küçük yıldızların parıldadığı yerde, bütün çöl yüzeyini kaplayan hurma ağacı dizileri uzanıyordu.

Uykudan uyanan İngiliz, "Sonunda geldik!" diye haykırdı.

Ama delikanlı ağzını açmadı. Çölün sessizliğini öğrenmişti; karşısında duran hurma ağaçlarına bakmakla yetindi. Piramitlere ulaşmak için önünde hâlâ uzun bir yol vardı; ve bu sabah, bir gün, bir anıdan başka bir şey olmayacaktı onun için. Ama şimdi, şimdiki andı, devecinin sözünü ettiği bayramdı; bu anı geçmişin dersleri ve geleceğin düşleriyle birlikte yaşamaya çalışıyordu. Bir gün, bu binlerce hurma ağacının görüntüsü yalnızca bir anı olacaktı. Ama bu anda, onun için gölgeyi, suyu ve savaşa karşı bir sığınağı simgeliyordu. Aynı şekilde, bozlayan bir deve bir tehlike işaretine dönüşebilir, hurma ağacı dizileri de bir mucize yansıtabilirdi.

"Evrenin birden çok dili var," diye düşündü.

"Zaman hızlandıkça kervanlar da hızlanıyor," diye düşündü Simyacı, yüzlerce insan ve hayvanın vahaya geldiğini görerek. Vaha sakinleri bağıra çağıra yeni gelenleri karşılamaya koştular. Kalkan toz, çöl güneşini gölgeliyor; yabancıları gören çocuklar sevinçten havaya sıçrıyordu. Simyacı, kabile reislerinin kervanbaşının yanına gittiklerini ve hep birlikte gizli bir toplantıya oturduklarını fark etti.

Ama bunların hiçbiri ilgilendirmiyordu Simyacı'yı. Daha önce de nice insanların gelip nicelerinin gittiğini görmüştü; vaha ve çölün sessizliğini hiçbir şey bozamamıştı. Rüzgârın etkisiyle biçim değiştiren bu uçsuz bucaksız kumlarda taban tepen krallar ve dilenciler görmüştü; ama çocukken gördüğü kumlardan farklı değildi bu kumlar. Her şeye karşın, sarı topraktan, lacivert gökyüzünden sonra, hurma ağaçlarının yeşilinin gözlerinin önünde belirdiğini gören yolcuların hissettikleri neşenin birazını yüreğinin derinliklerinde duymasına engel olamıyordu.

"Belki de Tanrı, çölü, insanlar hurma ağaçlarını görünce sevinsinler diye yarattı," diye düşündü.

Ardından daha gündelik sorunlarla ilgilenmeye karar verdi. Bildiği gizlerin bir bölümünü öğreteceği insanın bu kervanla geldiğini biliyordu. İşaretler bunun haberini vermişti. Bu adamı henüz bilmiyordu, ama dene-

yimli gözleri, onu görür görmez tanıyacaktı. Bunun da, daha önceki tilmizi kadar yetenekli olacağını umuyordu.

"Bu şeyler neden mutlaka ağızdan kulağa aktarılıyor, doğrusu bilmiyorum," diye düşündü. Bunların gerçek gizler olmasından değildi hiç kuşkusuz: Tanrı kendi gizlerini bütün yaratıklara özgürce açıyordu.

Ona göre bunun bir tek açıklaması vardı: Kuşkusuz bunlar Saf Hayat'ın parçaları oldukları ve Saf Hayat'ı resim biçiminde ya da söz halinde kavramak çok güç olduğu için, bu şeyleri bu şekilde aktarmak gerekiyordu.

Çünkü insanlar resimlerin ve sözcüklerin büyüsüne kapılıp sonunda Evrenin Dili'ni unuturlar.

+

Yeni gelenler hemen Fayum Kabile şeflerinin huzuruna çıkarıldılar. Delikanlı gördüklerine inanmakta güçlük çekiyordu: Birkaç hurma ağacıyla çevrili bir kuyunun (bir tarih kitabında okuduğu bir betimlemeye göre) yerine, vahanın herhangi bir İspanyol köyünden çok daha büyük olduğunu görüyordu. Vahada üç yüz kuyu, elli bin hurma ağacı ve hurma ağaçlarının arasına dağılmış çok sayıda çadır vardı.

"Sanki *Binbir Gece*," dedi, Simyacı'yı hemen görmek için sabırsızlanan İngiliz.

Çevrelerini hemen çocuklar sardı. Binek hayvanlarına, develere, gelen insanlara merakla bakıyorlardı. Erkekler, gelenlerin savaş işaretleri görüp görmediklerini öğrenmek istiyorlar; kadınlarsa tüccarların getirdiği kumaş ve değerli taşlar için çekişiyorlardı. Çölün sessizliği artık uzak bir hayal gibiydi; herkes, sanki ruhlar dünyasından ayrılıp insanların dünyasına gelmiş gibi, durmadan konuşuyor, gülüyor ve gırtlak paralıyordu. İnsanlar neşeli ve mutluydular.

Kervanbaşı, önceki gece alınan önlemlere karşın, sakinlerinin çoğunluğu kadın ve çocuklardan oluştuğu için, çölde vahaların her zaman tarafsız topraklar sayıldığını açıkladı de-

likanlıya. İki tarafın da kendi vahaları vardı; bu nedenle çölün kumlarında birbirlerini boğazlayan savaşçılar, birer sığınak saydıkları vahaların huzurunu bozmuyorlardı.

Kervanbaşı, biraz güç de olsa adamlarını ve yolcuları bir araya toplayıp kendilerine bilgi verdi. Kabileler arasındaki savaş bitinceye kadar burada kalacaklardı. Yolcular, ziyaretçi olarak vaha sakinlerinin çadırlarına konuk edilecekler, kendilerine en iyi yerler verilecekti. Geleneksel konukseverliğin yasası böyleydi. Sonra, aralarında kendi nöbetçileri de olmak üzere herkesin, silahlarını kabile reislerinin görevlendirdiği adamlara teslim etmelerini istedi.

"Savaşın kuralları böyle," diye açıkladı. "Böylece muharipler, vahaları sığınak olarak kullanamazlar."

İngiliz'in, ceket cebinden krom kaplı bir tabanca çıkartıp silahları toplamakla görevli adama teslim ettiğini gören delikanlının şaşkınlıktan ağzı açık kaldı.

"Tabancayla ne işiniz var?" diye sordu delikanlı.

"İnsanların kararsız kalmamaları konusunda bana yardımcı olması için," dedi. Arayışı sona ermiş olduğu için mutluydu.

Delikanlıya gelince, o hazinesini düşünüyordu. Hayaline yaklaştıkça, işler daha güçleşiyordu. Yaşlı kralın "acemi talihi" adını verdiği şey artık olmuyordu. Şimdi, kendi Kişisel Menkıbe'sinin peşine düşmüş kimse için diretme ve cesaret sınavının söz konusu olduğunu biliyordu. Bu nedenle acele etmemeli, sabırsızlık göstermemeliydi. Yoksa Tanrı'nın yoluna dizdiği işaretleri göremeyebilirdi.

"Onları yoluma Tanrı dizdi," diye düşündü, kendi kendine şaşarak. Şimdiye kadar, işaretleri bu dünyaya ait bir şeyler olarak görmüştü. Yemek yemek ya da uyumak gibi, aşk ya da iş aramaya çıkmak gibi. Ama bunun, kendisine yapması gerekeni göstermek için Tanrı'nın kullandığı bir dil olabileceğini hiç düşünmemişti.

"Sabırsız olma," diye tekrarladı, kendi kendine. "Devecinin dediği gibi, yemek zamanı gelince yemeğini ye. Yürüme zamanı gelince yürü."

İlk gün, aralarında İngiliz de olmak üzere, yorgunluğa teslim olan herkes uyudu. Delikanlı, aşağı yukarı kendi yaşında beş çocukla birlikte biraz uzaktaki bir çadırda kalıyordu. Çöl çocuklarıydı bunlar, büyük kentleri merak ediyorlardı. Delikanlı çobanlık yaptığı dönemi anlattı; İngiliz girdiği sırada, billuriye dükkânı serüvenini anlatmaya başlamak üzereydi.

"Bütün sabah sizi aradım," dedi, arkadaşını dışarı çıkartırken. "Simyacı'nın yerini bulmama yardımcı olmalısınız."

Onu ilkin kendi olanaklarıyla bulmayı denediler. Bir Simyacı, hiç kuşkusuz vahanın öteki sakinlerinden daha değişik yaşıyor olmalıydı; büyük bir olasılıkla çadırında sürekli yanan bir ocak vardı. Uzun uzun dolaştıktan sonra, vahanın onların düşündüğünden çok daha geniş olduğunu ve yüzlerce, yüzlerce çadır bulunduğunu anladılar.

"Neredeyse bütün bir günü yitirdik," dedi İngiliz, arkadaşıyla birlikte vahadaki bir kuyunun yanına otururken.

"Sormak belki daha iyi olur," dedi delikanlı.

İngiliz, Fayum'da olduğunu kimseye belli etmemek istiyordu, bu nedenle karar veremedi. Sonunda, boyun eğdi ve Arapçayı kendisinden daha iyi konuşan delikanlıdan gerekeni yapmasını istedi. Delikanlı, bunun üzerine, koyun derisinden tulumunu doldurmak için kuyuya gelen bir kadına yaklaştı.

"Akşam şerifleriniz hayırlı olsun ya hatun! Bu vahada yaşayan bir Simyacı var, nerede oturduğunu öğrenmek isterdim," dedi.

Kadın böyle birini hiç duymadığını söyledi ve hemen uzaklaştı. Bununla birlikte, siyah giysiler giymiş kadınlarla konuşmaya kalkışmaması konusunda da uyardı delikanlıyı, çünkü evli kadınlardı bunlar. Geleneğe saygı göstermek zorunluydu.

İngiliz, büyük bir hayal kırıklığına uğramıştı. Demek bu yolculuğu boşu boşuna yapmıştı. Arkadaşı da üzülmüştü bu duruma. İngiliz de kendi Kişisel Menkıbe'sinin peşinden gidiyordu. Ve bir insan bunu yapıyorsa bütün evren, onun aradığını bulmasına yardımcı olmak ister: Böyle söylemişti yaşlı kral. Onun yanılması olanaksızdı.

"Şimdiye kadar burada simyacılardan söz edildiğini hiç duymadım," dedi delikanlı. Yoksa size yardımcı olmak isterdim.

İngiliz'in gözleri parladı.

"Elbette öyle," diye haykırdı. Belki de burada kimse Simyacı'nın kim olduğunu bilmiyordu. "Siz, köyde hastalıkları kimin iyileştirdiğini sorun en iyisi."

Siyah giyinmiş birkaç kadın, su çekmek için kuyuya geldi, ama İngiliz'in üstelemesine karşın delikanlı onlarla konuşmadı. Sonunda bir erkek geldi.

"Köyde hastalıkları iyi eden birini tanıyor musunuz?" diye sordu ona delikanlı.

"Bütün hastalıkları Allah iyi eder," diye yanıtladı adam. Bu yabancılardan açıkça korkmuştu. "Siz ikiniz büyücü arıyorsunuz."

Ve Kuran'dan birkaç ayet okuduktan sonra yoluna gitti.

Bir başka adam geldi. Daha yaşlıydı, elinde sadece küçük bir kova vardı. Delikanlı ona da aynı soruyu sordu.

"Onun gibi bir adamı neden arıyorsunuz?" diye sordu Arap, yanıt olarak.

"Çünkü şuradaki dostum, bu adamı tanımak için aylarca yolculuk yaptı."

"Bu adam eğer vahada yaşıyorsa çok güçlü biri olmalı," dedi yaşlı adam biraz düşündükten sonra. "Kabile şefleri bile canlarının istediği zaman göremezler onu. Böyle bir şeyi onun istemesi gerekir. Siz iyisi mi savaşın sona ermesini bekleyin ve kervanla birlikte yolunuza gidin. Vahanın hayatına girmeye çalışmayın," diye bağladı konuşmasını, yanlarından ayrılırken.

Ama İngiliz'in etekleri zil çalmaya başladı. Demek ki iyi iz üzerindeydiler.

Bu sırada bir genç kız göründü, siyah giysi giyinmemişti. Omzunda bir testi taşıyordu ve başının çevresinde bir örtü vardı, ama yüzü açıktı. Delikanlı, Simyacı'yı sormak üzere yanına yaklaştı.

O anda zaman durmuş gibi oldu; sanki Evrenin Ruhu, delikanlının önünde bütün gücüyle ortaya çıkıyormuş gibiydi. Kızın siyah gözlerini, gülümseme ile susma arasında karar veremeyen dudaklarını görünce dünyanın konuştuğu ve yeryüzünün bütün yaratıklarının yürekleriyle anladıkları dilin, en temel ve en yüce bölümünü anladı delikanlı. Ve Aşk'tı bunun adı, insanlardan da çölden de daha eskiydi, tıpkı kuyunun yanında bu iki bakışın buluşması benzeri, iki bakışın buluştuğu her yerde, her zaman aynı güçle ortaya çıkardı. Dudaklar sonunda gülümsemeye karar verdi ve bir işaretti bu, bütün ömrü boyunca bilmeden beklediği, kitaplarda, koyunların yanında, kristallerde ve çölün sessizliğinde aramış olduğu işaretti.

Evrenin saf diliydi bu, herhangi bir açıklamaya gereksinimi yoktu, çünkü Evren'in sonsuz zamanda yoluna devam etmek için hiçbir açıklamaya gereksinimi yoktu. Delikanlı o anda, hayatının kadınının karşısında olduğunu ve kızın da hiçbir söze gerek duymadan bunu bildiğini biliyordu. Ana babası, ana babasının anababası, biriyle evlenmeden önce ona kur yapmak, nişanlanmak, onu tanımak ve para sahibi olmak gerektiğini söyleseler de, delikanlı dünyada en çok bundan emindi. Bunun tersini söyleyenler, evrensel dilden habersiz kimselerdi. Çünkü bu dili bilen biri, ister çölün ortasında ya da ister

büyük kentlerin göbeğinde olsun, dünyada her zaman bir başkasını beklemekte olan biri bulunduğunu kolayca anlayabilir. Ve bu iki insan karşılaşınca ve gözleri buluşunca, bütün geçmiş ve bütün gelecek artık bütün önemini yitirir, yalnızca o an, ve gökkubbe altında her şeyin aynı El tarafından yazıldığı gerçekliği vardır, bu inanılmaz gerçek vardır. Aşk'ı yaratan ve çalışan, dinlenen ve güneş ışığı altında hazineler arayan her kimse için sevilecek birini yaratmış olan El. Çünkü, böyle olmasaydı, insan soyunun hayallerinin hiçbir anlamı olmazdı.

"Mektup," dedi kendi kendine.

Oturmakta olan İngiliz yerinden kalktı ve arkadaşını sarstı.

"Haydi! Sorun ona!"

Delikanlı genç kıza yaklaştı. Kız yeniden gülümsedi. Delikanlı da gülümsedi.

"Adın ne senin?" diye sordu delikanlı.

"Benim adım Fatima," diye yanıtladı, gözlerini indirerek.

"Geldiğim ülkedeki bazı kadınların adı da böyledir."

"Peygamberin kızının adıdır," dedi Fatima. "Bu adı mücahitlerimiz götürdüler oraya."

Güzel kız, mücahitlerden gururla söz ediyordu. Yanlarında duran İngiliz, ısrar ediyordu. Bunun üzerine delikanlı, genç kıza bütün hastalıkları iyi eden bir adam tanıyıp tanımadığını sordu.

"Dünyanın gizlerini bilen bir adam. Çölün cinleriyle konuşuyor," dedi genç kız.

Cinler, iyilik ve kötülük perileriydiler. Ve genç kız eliyle güney yönünü gösterdi, bu tuhaf adam, o tarafta oturuyordu.

Sonra testisini doldurup uzaklaştı. İngiliz de Simyacı'yı aramak için uzaklaştı. Delikanlı uzun süre kuyunun yanında oturdu ve gündoğusu rüzgârının kendi yüzünde bir gün bu kadının kokusunu bıraktığını ve bu kadının yaşadığını bile bilmeden onu sevmiş olduğunu düşündü. Ve bu kadına duyduğu aşk ona dünyanın bütün gizlerini açacaktı.

Ertesi gün, genç kızı beklemek için kuyuya gitti delikanlı. Orada İngiliz'i bulunca şaşırdı. İlk kez çölü seyrediyordu.

"Bütün ikindi, bütün akşam bekledim," dedi İngiliz. "İlk yıldızlar doğarken geldi. Kendisine ne aradığımı söyledim. Bana kurşunu, altına dönüştürüp dönüştürmediğimi sordu. Ben de tam olarak işte bunu öğrenmek istediğimi söyledim. Bunun üzerine denememi söyledi. 'Git dene!'den başka bir şey söylemedi bana."

Delikanlı ağzını açmadı. Demek ki İngiliz, çoktandır bildiği bir şeyi öğrenmek için tepmişti bunca yolu. Ve bunun benzeri bir şey öğrenmek için, kendisinin de yaşlı krala altı koyun vermiş olduğunu anımsadı.

"Öyleyse deneyin," dedi İngiliz'e.

"Ben de onu yapacağım. İşe hemen koyulacağım."

İngiliz ayrıldıktan az sonra, Fatima su doldurmak için kuyuya geldi.

"Sana tek bir şey söylemek için geldim," dedi delikanlı, genç kıza. "Benim karım olmanı istiyorum. Seni seviyorum."

Genç kız testiyi taşırdı.

"Seni her gün burada bekleyeceğim," diye konuşmasını sürdürdü delikanlı. "Piramitlerin yakınında bulunan bir hazineyi aramak için bütün çölü geçtim. Savaş benim için tam bir talihsizlikti. Aynı savaş, şimdi benim için bir talih, çünkü burada senin yanında kalıyorum."

"Savaş bir gün bitecek," dedi genç kız.

Delikanlı vahadaki hurma ağaçlarına baktı. Çobanlık yapmıştı. Burada da koyunlar vardı. Hazineden daha önemliydi Fatima.

"Muharipler kendi hazinelerini arıyorlar," dedi genç kız, sanki onun düşüncelerini keşfetmiş gibi. "Ve çöl kadınları muhariplerinden gurur duyuyorlar."

Sonra, testisini yeniden doldurup oradan uzaklaştı.

Delikanlı her gün kuyuya gidip Fatima'nın gelmesini bekliyordu. Fatima'ya çobanlık hayatını, kralla rastlaşmasını, billuriye dükkânını anlattı. Dost oldular; sabahları ancak on beş dakika birlikte olmalarına karşın, bu süreyi günün geri kalan bölümünden çok daha uzun buluyordu.

Neredeyse bir aya yakındır vahadaydılar. Kervanbaşı bir gün herkesi toplantıya çağırdı.

"Savaşın ne zaman biteceğini bilmiyoruz ve tekrar yola çıkmamız olanaksız," dedi. "Savaş kuşkusuz daha uzun süre devam edecek, belki de yıllarca. İki taraf da, cesur ve kahraman muhariplerle dolu ve iki ordu da savaşmaktan gurur duyuyor. Bu iyiler ile kötüler arasındaki bir savaş değil. Aynı iktidarı ele geçirmek isteyen güçler arasındaki bir savaş bu ve böyle bir savaşta Allah iki tarafın da yanındadır."

İnsanlar dağıldı. Delikanlı o akşam Fatima'yı tekrar gördü ve ona toplantıda söylenenleri aktardı.

"İkinci görüşmemizde," dedi genç kız, "bana aşkından söz ettin. Daha sonra bana Evrenin Dili gibi, Evrenin Ruhu gibi çok güzel şeyler öğrettin. Ve bunlar, azar azar beni senin parçan haline getirdiler."

Delikanlı onun sesini dinliyor ve bu sesi, hurma ağaçlarının yapraklarından esen rüzgârın hışırtısından çok daha güzel buluyordu.

"Seni beklemek için kuyuya çok erken geldim. Çok bekledim. Geçmişimi, geleneği, erkeklerin çöl kadınlarının nasıl davranmalarını istediklerini anımsayamıyorum.

Küçükken, çölün bir gün bana hayatımın en güzel armağanını vereceğini hayal ederdim. Ve bu armağan verildi şimdi bana, bu armağan sensin."

Delikanlı genç kızın elini tutmak istedi. Ama Fatima testinin kulplarından tutuyordu.

"Bana düşlerini, yaşlı kralı ve hazineyi anlattın. Bana işaretlerden söz ettin. İşte bu yüzden hiçbir şeyden korkmuyorum, çünkü seni bana bu işaretler getirdiler. Senin de sık sık tekrarladığın gibi, ben senin düşlerinin ve Kişisel Menkıbe'nin bir parçasıyım. Aynı sebepten dolayı, senin, aramaya geldiğin şeyin doğrultusunda yolunu sürdürmeni istiyorum. Savaşın bitmesini beklemen gerekiyorsa çok iyi. Ama daha erken gitmek zorundaysan, öyleyse Menkıbe'nin yoluna git. Kumullar rüzgârın etkisiyle değişirler, ama çöl hep aynı kalır. Aşkımız da böyle olacak."

"Mektup," dedi genç kız bir kez daha. "Ben, senin Menkıbe'nin bir parçasıysam bir gün geri döneceksin."

Delikanlı, Fatima'nın yanından ayrılırken üzgündü. Şimdiye kadar tanımış olduğu insanları düşünüyordu. Evli olan çobanlar, kırlarda dolaşmaları gerektiği konusunda karılarını inandırmakta çokça güçlük çekiyorlardı. Aşk, sevilen nesnenin yanında bulunmayı zorunlu kılıyordu.

Ertesi gün, Fatima'ya bunlardan söz etti Delikanlı.

"Çöl bizden erkeklerimizi alıyor," dedi Fatima, "ve her zaman geri getirmiyor onları. Buna alışmak zorundayız. Artık onlar, yağmur yağdırmadan geçen bulutlarda, taşların arasına gizlenen hayvanlarda, topraktan fışkıran cömert suda bulunuyorlar. Artık onlar her şeyin bir parçası oldular, Evrenin Ruhu oldular.

Gidenlerin kimileri geri dönüyor. O zaman öteki kadınlar mutlu oluyor, çünkü kendi bekledikleri erkekler de günün birinde geri dönebilir. Eskiden bu kadınlara bakar ve onların mutluluklarını kıskanırdım. Şimdi benim de bekleyecek bir erkeğim olacak.

Ben bir çöl kadınıyım ve bundan gurur duyuyorum. İstiyorum ki benim erkeğim de kumulların yerlerini değiştiren rüzgâr gibi özgürce dolaşsın. İstiyorum ki onu bulutlarda, hayvanlarda ve suda görebileyim."

Delikanlı, İngiliz'in yanına gitti. Ona Fatima'dan söz etmek istiyordu. İngiliz'in, çadırının yanına küçük bir ocak yapmış olduğunu görünce şaşırmamazlık etmedi. Tuhaf bir ocaktı, üzerinde saydam bir şişe vardı. İngiliz ateşi odunla besliyor ve çölü gözlemliyordu. Gözleri, kitap okumaya daldığı zamankilerden sanki daha parıltılıydı.

"Çalışmanın bu ilk evresi," dedi. "Karışık kükürdü saflaştırmam gerekiyor. Ve bunu gerçekleştirmek için, başarısızlığa uğramaktan korkmamak zorundayım. Başarısızlığa uğramak korkusu, şimdiye kadar Büyük Yapıt'a girişmeme hep engel oldu. On yıl önce başlamam gereken şeye ancak şimdi başlayabiliyorum. Ama yirmi yıl beklemiş olduğum için de mutluyum."

Ve çöle bakarak ateşi kotarmayı sürdürdü. Delikanlı, çöl, batan güneşin pembe rengini alıncaya kadar bir süre onun yanında kaldı. Sessizliğin, sorularını yanıtlayabilip bilemeyeceğini anlamak için çöle dalmak istedi, dayanılmaz bir istekti bu.

Vahanın hurma ağaçlarını gözden yitirmeden bir süre amaçsızca yürüdü. Rüzgârı dinliyor, ayaklarının altında çakıl taşlarını hissediyordu. Kimi zaman, bir kavkı buluyordu ve bu çölün, çok eski çağlarda büyük bir deniz olduğunu biliyordu. Büyük bir taşın üzerine oturdu ve kendisini karşısında duran ufkun büyüsüne bıraktı. Aşkı, ona bir sahip olma düşüncesi katmaksızın düşünemiyordu. Ama Fatima bir çöl kadınıydı. Bir şey onun anlamasına yardımcı olabilecekse, bu da kuşkusuz çöldü.

Başının üstünde bir şeyin kımıldadığını hissedinceye kadar, orada hiçbir şey düşünmeksizin öyle kaldı. Gökyüzüne bakınca, gökyüzünün enginlerinde uçan iki atmaca gördü.

Yırtıcı kuşlara ve uçarken çizdikleri şekillere dikkatle baktı. Bunlar görünüşte düzensiz çizgilerdi, ama onun için gene de bir anlamları vardı. Ne var ki anlamlarını çözemiyordu. Bunun üzerine kuşların hareketlerini gözleriyle izlemeye karar verdi; böylelikle, belki de bir mesaj okuyabilirdi. Belki de çöl kendisine sahip olmayı gerektirmeyen aşkı açıklayabilirdi.

Uykusunun geldiğini hissetti. Ama yüregi ondan uyumamasını istedi; oysa tam tersine kendini bırakması gerekiyordu.

"İşte 'Evrenin Dili'ni kavrıyorum," dedi ve bu dünyada her şeyin bir anlamı var, atmacaların uçuşuna varıncaya kadar. Bir kadına duyduğu aşk için, içinde derin bir minnet hissetti: "İnsan sevince," diye düşündü, "nesneler daha çok anlam kazanıyor."

Birden, atmacalardan biri, ötekine saldırmak için pike yaptı. O anda delikanlının gözünün önünde ani ve kısa bir görüntü belirdi: Silahlı bir birlik, elde kılıç vahayı işgal ediyordu. Görüntü hemen yok oldu ama bıraktığı etki çok canlıydı. Seraplardan söz edildiğini duymuş ve birkaç serap görmüştü: Çölün kumlarında somutlaşan arzulardı bunlar... Ne var ki, hiç kuşkusuz bir ordunun vahayı ele geçirdiğini de görmek istememişti.

Bunları unutmak ve tekrar düşünceye dalmak istedi; yeniden pembe aşıboyası çöle ve taşlara yöneltmek istedi zihnini. Ama yüreğindeki bir şey rahat bırakmıyordu onu.

"Her zaman işaretleri izle," demişti yaşlı kral. Fatima'yı düşündü. Sonra gördüğü görüntüyü anımsadı ve bunun gerçeklikten pek uzak olmadığını sezdi.

İçini saran boğuntudan kurtulmaya çalıştı. Ayağa kalkıp hurma ağaçlarına doğru yürüdü. Bir kez daha, nesnelerin çoğul dilini anlıyordu: Şimdi, vaha tehlikeyi simgelerken çöl güvenliği temsil ediyordu.

Deveci, bir hurma ağacının dibine oturmuş, güneşin batışını seyrediyordu.

Delikanlının bir kumulun arkasından çıkarak geldiğini gördü.

"Bir ordu yaklaşıyor," dedi delikanlı. "Gözlerimin önünde bir görüntü belirdi."

"Çöl, insanların yüreğini hayallerle doldurur," diye yanıtladı deveci.

Ama delikanlı ona atmacaları anlattı. Atmacaların uçuşunu izlerken birden Evrenin Dili'ne dalmıştı.

Deveci hiçbir karşılık vermedi; delikanlının kendisine anlattığı şeyi anlıyordu. Yeryüzündeki herhangi bir şeyin, her şeyin yaşamını anlatabileceğini biliyordu. Bir kitabın herhangi bir sayfasını açarak birinin elini inceleyerek ya da kuşların uçuşuna bakarak, ya da kâğıt falı açarak, ya da bir başka yöntemle, o anda yaşamakta olduğumuz deneyimle bir ilişki kurabiliriz hepimiz. Aslında, nesneler kendiliklerinden hiçbir şey açınlamaz; insanlar bu nesneleri gözlemleyerek Evrenin Ruhu'nu anlama yöntemini keşfedebilir.

Çöl, Evrenin Ruhu'nu kolayca anlayabilmeleri sayesinde hayatlarını kazanan insanlarla doluydu. Kâhin adı veriliyordu bunlara; ve kâhinler, kadınlar ve yaşlılardan korkardı. Savaşçılar bunlara pek ender danışırdı; çünkü insanın ne zaman öleceğini önceden bilerek savaşa gitmesi olanaksızdır. Savaşçılar, savaştan haz almayı, bilinmeyen bir şeyden heyecan duymayı yeğler; gelecek, Allah tarafından yazılmıştır ve Allah ne yazarsa yazsın, insanların iyiliği içindir. Bu nedenle, savaşçılar yalnızca şimdiki zamanda yaşar; çünkü şimdiki zaman beklenmedik olaylarla doludur ve bir yığın şeye dikkat etmek zorundadırlar: Düşmanın kılıcı neredeydi, atı neredeydi, ölümden kurtulmak için hangi vuruşu yapmalıydılar?

Deveci, bir savaşçı değildi ve şimdiye kadar kâhinlere danıştığı olmuştu. Aralarından çoğu kendisine doğru şeyler söylemişlerdi; kimileri de yanlış şeyler söylemişti. Bir gün en yaşlı (ve en ürkütücü) kâhin, deveciye neden bu kadar gelecekle ilgilendiğini sormuştu:

"Bir şeyler yapabilmek için," diye yanıtlamıştı deveci. "Ve olmasını istemediğim şeyleri tersine çevirmek için."

"O zaman bu senin geleceğin olmaz ki," diye yanıtladı kâhin.

"Ama belki de olacaklara kendimi hazırlamak için geleceği öğrenmek istiyorum."

"Bunlar iyi şeylerse hoş bir sürpriz olacak," dedi kâhin. "Kötü şeylerse daha gerçekleşmeden acı çekeceksin."

"Bir erkek olduğum için geleceği öğrenmek istiyorum," dedi bunun üzerine deveci. "Ve erkekler geleceklerine bağlı yaşarlar."

Kâhin bir süre konuşmadan durdu. Değnek falında uzmanlaşmıştı. Yere attığı değneklerin aldığı yöne göre yorum yapıyordu. Ama o gün değneklerini kullanmadı. Bir beze sarıp cebine koydu.

"İnsanların geleceğini okuyarak hayatımı kazanıyorum," dedi. "Değnek gizbilimini tanıyorum ve her şeyin yazılı olduğu mekâna girmek için onlardan yararlanmayı biliyorum. Orada geçmişi okuyabilirim, unutulmuş olanları keşfedebilirim ve şimdinin işaretlerini anlayabilirim. İnsanlar bana danışmaya geldikleri zaman, geleceği okumam; onu sezerim. Çünkü gelecek, Tanrı'ya aittir ve yalnızca o açınlar geleceği ve yalnızca olağanüstü durumlarda. Geleceği nasıl seziyorum? Şimdinin işaretleri sayesinde. Gizin kökü şimdidedir; şimdiye dikkat edecek olursan, onu iyileştirebilirsin. Ve şimdiyi iyileştirebilirsen, daha sonra gelecek olan da iyi olacaktır. Geleceği unut ve hayatının her gününü Şeriat'ın kurallarına uygun olarak ve Tanrı'nın evlatlarına bahşettiği inayete güvenerek yaşa. Her gün kendisiyle birlikte ebediyeti getirir."

Deveci, Tanrı'nın geleceği görmeye izin verdiği olağanüstü durumların neler olduğunu öğrenmek istedi:

"Kendisi bizzat onu açınladığı zaman. Ve Tanrı geleceği pek ender açınlar ve bunu bir tek gerekçe için yapar: Değişmek üzere yazılmış bir gelecek söz konusu olduğu zaman."

"Tanrı delikanlıya bir geleceği göstermiş," diye düşündü deveci. Çünkü delikanlının kendisine vasıta olmasını istiyordu.

"Kabile reislerinin yanına git," dedi deveci. "Onlara yaklaşan savaşçıları anlat."

"Benimle alay edecekler."

"Bunlar çöl insanlarıdırlar. Çöl insanları işaretlere alışkındır."

"Öyleyse durumu biliyor olmalılar."

"Kafalarına takmazlar bunu. Allah'ın kendilerine bildirmek istediği bir şeyden haberdar olmaları gerektiğinde, birinin gelip kendilerine haber vereceğine inanırlar. İşte bugün, bu elçi sensin."

Delikanlı Fatima'yı düşündü. Ve kabile reislerinin yanına gitmeye karar verdi.

Vahanın ortasına kurulmuş kocaman beyaz çadırın kapısında nöbet tutan muhafıza:

"Çölden bir haber getiriyorum. Reislerle konuşmak istiyorum," dedi.

Muhafız yanıtlamadı onu. Çadıra girip uzun süre kaldı orada. Sonra beyaz ve altın rengi giysiler giyinmiş genç bir Arap'la birlikte dışarı çıktı. Delikanlı, ona görmüş olduğu şeyleri anlattı. Arap, ona beklemesini söyleyip çadıra girdi.

Gece oldu. Bu arada Araplar, bir yığın tüccar çadıra girip çıktı. Yavaş yavaş ocaklar söndü ve vaha çöl kadar sessizleşti. Yalnızca büyük çadırın ışığı yanıyordu. Delikanlı, bu süre içinde hep Fatima'yı düşündü; öğleden sonra yaptıkları konuşmaya hâlâ bir anlam veremiyordu.

Sonunda birkaç saat bekledikten sonra muhafız, delikanlıyı içeri aldı.

Gördüğü karşısında heyecanlandı delikanlı. Çölün ortasında böyle bir çadırın olabileceğini hiç düşünmemişti. Yer, şimdiye kadar üzerinde yürümediği güzellikte en güzel halılarla kaplıydı; yukarıya, içlerinde yanan mumlar bulunan, parlak ve işlemeli madenden avizeler asılmıştı. Bol işlemeli ipek yastıklara yaslanmış kabile reisleri çadırın iç tarafında yarım daire halinde oturuyorlardı. Hizmetçiler lezzetli yiyeceklerle dolu gümüş tepsilerle gidip geliyor; bir yandan çay sunumu yapılıyordu. Başka hizmetçiler nargilelerin közlerini tazeliyordu. Havayı pek hoş bir tütün kokusu sarmıştı.

Sekiz kabile reisi vardı, bunların hangisinin en büyük olduğunu hemen anladı. Beyaz ve altın rengi bir giysi giymiş olan Arap, yarım dairenin ortasına oturmuştu. Onun yanında, biraz önce konuşmuş olduğu genç yer almıştı.

"Mesajdan söz eden yabancı kim?" diye sordu reislerden biri delikanlıya bakarak.

"Benim."

Ve gördüğü şeyleri anlattı delikanlı.

"Bizim burada kaç kuşaktır yaşadığımızı bildiği halde, çöl böyle bir şeyi bir yabancıya neden söylesin?" dedi bir başka kabile reisi.

"Çünkü benim gözlerim henüz çöle alışmadı, bu nedenle alışmış gözlerin göremeyeceği şeyleri ben görebilirim."

İçinden, "Üstelik ben Evrenin Ruhu'nun ne olduğunu biliyorum," diye geçti. Ama Araplar böyle şeylere inanmadığı için bunu eklemedi sözlerine.

"Vaha, tarafsız bir yerdir. Hiç kimse saldırmaz bir vahaya," dedi üçüncü bir reis.

"Ben yalnızca gördüğümü söylüyorum. Bana inanmak istemiyorsanız bir şey yapmazsınız."

Çadıra birden büyük bir sessizlik çöktü, ardından ateşli bir tartışma başladı. Delikanlının anlamadığı bir Arap lehçesi konuşuyorlardı, ama delikanlı dışarı çıkmaya kalkışınca, muhafız kendisine engel oldu. Bunun üzerine korkmaya başladı; işaretler bir şeylerin yolunda gitmediğini söylüyordu ona. Bu olayı deveciyle konuştuğuna pişman oldu.

Birden, ortada oturan yaşlı adam belli belirsiz gülümsedi. Bunu gören delikanlının içi rahat etti. Yaşlı adam tartışmaya katılmamış ve henüz bir şey söylememişti. Ama Evrenin Dili'ne artık alışmış olan delikanlı, çadırda dolaşan barış titreşimini hissedebiliyordu. Sezgisi ona gelmekle iyi ettiğini söylüyordu.

Tartışma sona erdi. Yaşlı adamın konuşmasını dinlemek için herkes sustu. Sonra yaşlı adam, yabancıya döndü. Şimdi yüzünde soğuk ve kibirli bir ifade vardı.

"Bundan iki bin yıl önce, uzak bir ülkede, düşlere inanan bir adamı kuyuya attılar ve onu esir gibi sattılar. Bizim ülkenin tüccarları onu satın aldılar ve Mısır'a götürdüler. Ve hepimiz biliyoruz ki düşlere inanan kimse onları yorumlamasını da bilir.[1]"

"Ama her zaman gerçekleştirmeyi başaramaz onları," diye düşündü delikanlı, yaşlı çingene kadını anımsayarak.

"Firavun'un gördüğü, –çirkin ve cılız ineklerin, güzel ve semiz yedi tane ineği yediği– düş sayesinde bu adam, Mısır'ı kıtlıktan kurtardı. Adı Yusuf'tu bu adamın. Bir yabancı ülkede senin gibi o da yabancıydı ve aşağı yukarı senin yaşındaydı."

Sessizlik uzadı. Yaşlı adamın bakışı soğuktu.

"Her zaman geleneğe uyarız biz," diye sözlerini sürdürdü yaşlı adam. "Gelenek, Mısır'ı açlıktan kurtardı o zaman ve halkını bütün halkların en zengini yaptı. İnsanların çölü nasıl geçeceklerini ve kızlarını nasıl evlendireceklerini gelenek öğretir. Gelenek, bir vahanın taraf-

1. Eski Ahit, "Yaratılış", 37-50. (Ç.N.)

sız bölge olduğunu söyler, çünkü iki tarafın da kendi vahası vardır ve bu yüzden iki taraf da savunmasızdır."

Yaşlı adam konuşurken kimse ağzını açıp tek sözcük söylemedi.

"Ama gelenek bize çölün mesajlarına inanmamızı da söyler. Bildiğimiz her şeyi bize çöl öğretmiştir."

Yaşlı adamın işareti üzerine bütün Araplar ayağa kalktılar. Toplantı sona ermişti. Nargileler söndürüldü ve muhafızlar yerlerine geçti. Delikanlı gitmeye hazırlanıyordu ama yaşlı adam yeniden konuşmaya başladı:

"Yarın, vaha sınırları içinde kimsenin silah taşıyamayacağını buyuran anlaşmayı bozacağız. Gün boyunca düşmanı bekleyeceğiz. Güneş batınca adamlar silahlarını bana teslim edecekler. Öldürülen her düşman için bir altın lira alacaksın.

Ama savaşa girmeden silahlar çıkartılmayacak. Silahlar, çöl gibi nazlıdır; gereksiz yere çıkartacak olursak daha sonra gerektiği zaman ateş almazlar. Silahlar yarın kullanılmayacak olursa en azından biri kullanılacak demektir: Sana karşı."

Delikanlı çadırdan dışarı çıktığında vaha dolunayla yıkanıyordu. Kendi çadırına gitmek için yirmi dakika kadar yürümesi gerekiyordu.

Tanık olduğu şeyler tedirgin etmişti onu. Evrenin Ruhu'na dalmıştı ve bunun bedelini kendi hayatıyla ödeyebilirdi. Büyük bir kumar oynamıştı. Ama Kişisel Menkıbe'sinin peşine düşmek için koyunlarını sattığı zaman da büyük bir tehlikeyi göze almıştı. Ve devecinin dediği gibi, yarın ölmek başka bir gün ölmekten daha uygun olurdu. Her gün, yaşamak ya da ölmek içindi. Her şey yalnızca tek bir sözcüğe bağlıydı: "Mektup."

Sessizce ilerledi. Hiçbir şeye pişman değildi. Yarın ölecekse Tanrı onun geleceğini değiştirmek istemediği için ölecekti. Ama boğazı geçtikten sonra, billuriye dükkânında çalıştıktan sonra, çölü ve Fatima'nın gözlerini tanıdıktan sonra da ölebilirdi. Uzun zaman önce, ülkesinden ayrıldığından bu yana, her gününü yoğun bir şekilde yaşamıştı. Ertesi gün ölecek olursa gözleri açık gitmezdi, çünkü gözleri öteki çobanların gözlerinden çok daha fazlasını görmüştü ve bundan gurur duyuyordu.

Birden bir gürleme duydu ve görülmemiş şiddette esen bir rüzgârın etkisiyle ansızın yere yuvarlandı. Çevreyi, neredeyse ay ışığını örten bir toz bulutu kapladı. Karşısında dev boyutlu bir kır at ürkütücü bir kişnemeyle şaha kalktı.

Olan biteni pek az görüyordu, ama toz bulutu dağılınca o zamana kadar duymadığı müthiş bir korkuya kapıldı. Atın binicisi siyahlar giyinmiş bir adamdı, sol omzunda bir şahin vardı. Başına bir türban takmıştı ve yüzündeki peçeden yalnızca gözleri görünüyordu. Çölün habercisi olabilirdi, ama herhangi bir dünyalıdan çok daha güçlü bir kişiliği vardı.

Tuhaf süvari, eğerine asılı kavisli kocaman kılıcını kınından çıkardı. Çelik, ay ışığında parıldadı.

"Atmacaların uçuşunu yorumlamaya kim cesaret etti?" diye sordu. Sesi öylesine gürledi ki, sanki Fayum'un elli bin hurma ağacı tarafından yankılandı.

"Ben cesaret ettim," dedi delikanlı. Ve hemen, imansızları kır atının ayakları altında ezen Zebedioğlu Aziz Yakub'un heykelini anımsadı. Süvari, Zebedioğlu Aziz Yakub'a benziyordu, ancak şimdi durum tersineydi.

"Ben cesaret ettim," diye yineledi delikanlı. Ve başını eğerek kılıç darbesine hazırlandı. "Evrenin Ruhu'nu hesaba katmadığınız için birçok insanın hayatı kurtulacak."

Ne var ki, birden inmedi kılıç. Süvarinin eli ağır ağır indi ve kılıcın ucu delikanlının alnına dokundu. Kılıç öylesine keskindi ki bir damla kan belirdi.

Süvari taş gibi kımıldamadan duruyordu. Delikanlı da öyle. Kaçmak, aklına bile gelmemişti. Yüreğinin derinliklerinden garip bir neşe yayıldı içine: Kişisel Menkıbe'si için ölecekti. Ve Fatima için. Uzun sözün kısası, simgeler doğruyu söylemişti. İşte düşmanla karşı karşıya bulunuyordu ve madem ki evrenin bir ruhu vardı, öyleyse ölüm vız gelir tırıs giderdi. Kısa bir süre sonra onun parçası olacaktı. Ve yarın, düşman da onun parçası olacaktı.

Yabancı, kılıcın ucunu hâlâ delikanlının alnında tutuyordu.

"Kuşların uçuşunu neden yorumladın?"

"Ben yalnızca kuşların anlatmak istedikleri şeyi okudum. Vahayı kurtarmak istiyorlar. Siz ve sizinkiler, hepiniz öleceksiniz. Vahanın adamları sizden daha fazla."

Kılıcın ucu hâlâ delikanlının alnında duruyordu.

"Sen kim oluyorsun da Tanrı'nın yazdığı yazgıyı değiştirmeye kalkışıyorsun?"

"Allah orduları yarattı, ama o, kuşları da yarattı. Allah bana kuşların dilini öğretti. Her şey aynı El tarafından yazılmıştır," dedi delikanlı, devecinin sözlerini anımsayarak.

Sonunda süvari kılıcını geri çekti. Delikanlı içinde bir rahatlama hissetti. Ama kaçamıyordu.

"Kehânetlerine dikkat et. Bir şey yazılmışsa bundan kurtulmak olanaksızdır."

"Ben sadece bir ordu gördüm," dedi delikanlı. "Bir savaşın sonucunu görmedim."

Süvari, delikanlının yanıtından hoşnut kalmış gibiydi. Ama kılıcını hâlâ elinde tutuyordu.

"Bir yabancı, yabancı bir ülkede ne yapıyor?" diye sordu.

"Kişisel Menkıbe'mi arıyorum. Senin anlayabileceğin bir şey değil."

Süvari kılıcını kınına soktu ve omzundaki şahin tuhaf bir çığlık attı. Delikanlı sakinleşmeye başladı.

"Cesaretini sınavdan geçirmem gerekiyordu," dedi süvari. "Cesaret, Evrenin Dili'ni arayan bir kimse için en büyük erdemdir."

Delikanlı şaşırmıştı. Bu adam pek az insanın bildiği şeylerden söz ediyordu.

"Asla gevşeklik göstermemeli, çok uzaklardan gelinse bile," diye sürdürdü konuşmasını. "Çölü sevmek gerekir, ama hiçbir zaman ona tamamen bel bağlamamalı.

Çünkü çöl insanlar için bir denektaşıdır. Hepsinin adımlarını hisseder ve dalga geçeni öldürür."

Sözleri, yaşlı kralın sözlerini andırıyordu.

"Savaşçılar gelirse ve başın güneş battıktan sonra hâlâ yerinde duruyorsa beni görmeye gel," dedi süvari.

Biraz önce kılıcı tutan el, bir kırbacı kavradı. At yeniden şahlanarak bir toz bulutu kaldırdı.

"Nerede oturuyorsunuz?" diye haykırdı delikanlı, süvari uzaklaşırken.

Kırbaçlı el, güney yönünü işaret etti.

Delikanlı böylece Simyacı'yla tanışmış oluyordu.

Ertesi sabah, Fayum'daki hurma ağaçlarının ortasında iki bin silahlı adam vardı. Daha güneş başucu noktasına yükselmeden, ufukta beş yüz savaşçı göründü. Süvariler, vahaya kuzeyden girdi. Görünüşte, sanki barışçı bir seferdi, ama silahlarını beyaz maşlakların altına gizlemişlerdi. Vahanın ortasında bulunan büyük çadırın yanına gelince palalarını ve tüfeklerini ortaya çıkardılar. Ve boş çadıra saldırdılar.

Vahanın adamları çöl süvarilerini çembere aldı. Yarım saat içinde, ortalığa dört yüz doksan dokuz ceset dağılmıştı. Çocuklar, hurmalığın öteki ucundaydılar ve hiçbir şey görmediler. Kadınlar çadırlarında kocaları için dua ediyordu ve onlar da hiçbir şey görmediler. Ortalığa yayılmış cesetler olmasaydı, vahanın sıradan, olağan günlerinden biri olduğu söylenebilirdi.

Yalnızca bir savaşçıya dokunulmadı: saldırganların komutanına. Akşamleyin, kabile reislerinin huzuruna çıkartıldı. Ona, geleneği neden çiğnediğini sordular. Adamlarının aç ve susuz olduğunu, günlerce süren savaş sonun-

da yorgun düştüklerini ve bu yüzden yeniden savaşabilmek için bir vahayı ele geçirmeye karar verdiklerini söyledi.

Vahanın Başreisi, savaşçılar için üzüldüğünü, ancak koşullar ne olursa olsun geleneğe saygı göstermek gerektiğini bildirdi. Çölde değişen tek şey vardır: Rüzgâr estiği zaman kumullar.

Sonra, Başreis, düşman reisi onur kırıcı bir ölüme mahkûm etti. Boynu vurulmak ya da kurşuna dizilmek yerine, kuru bir hurma gövdesine asıldı adam. Cesedi çöl rüzgârında sallanmaya bırakıldı.

Kabile reisi, yabancı genci toplantı yerine çağırdı ve ona elli altın lira verdi. Sonra bir kez daha Yusuf'un, Mısır'da başına gelenleri anımsattı ve delikanlıdan bundan böyle "vahanın müşaviri" olmasını istedi.[1]

Güneş tamamen batıp da ilk yıldızlar çıkmaya başlayınca (dolunay olduğu için çok pırıldamıyorlardı), delikanlı güney yönünde yürümeye başladı. Ve o tarafta yalnızca bir tek çadır vardı; ve oradan geçmekte olan Arapların söylediklerine bakılırsa cinlerin istilasına uğramıştı burası. Ama delikanlı orada oturup uzun süre bekledi.

Ay iyice yükselince Simyacı göründü. Omzunda iki ölü atmaca vardı.

"Ben buradayım," dedi delikanlı.

"Buraya gelmemeliydiniz," diye yanıtladı Simyacı. "Yoksa Kişisel Menkıbe'niz mi buraya gelmenizi istedi?"

"Kabileler arasında bir savaş vardı. Çölü geçmek olanaksızdı."

Simyacı attan indi ve kendisiyle birlikte gelmesi için delikanlıya işaret etti. Şatafatıyla peri masallarını çağrıştıran merkez çadırın dışında, vahada gördüğü öteki çadırlara benzeyen bir çadırdı. Gözleriyle, simyacılık aletleri, simya ocakları araştırdı ama böyle bir şey göremedi. Yalnızca birkaç kitap dizisi, bir yemek fırını ve gizemli desenlerle işlenmiş halılar vardı.

1. Kabile Reisi, Firavun'un Yusuf'a karşı davrandığı gibi yapıyor. Bkz. Eski Ahit, "Yaratılış", 41:37-45. (Ç.N.)

"Sen otur, ben çay yapacağım," dedi Simyacı. "Ve bu atmacaları birlikte yiyeceğiz."

Delikanlı, bunların önceki gün görmüş olduğu atmacalar olup olmadığını düşündü, ama hiçbir şey söylemedi bu konuda. Simyacı ateş yaktı ve bir süre sonra çadıra nefis bir et kokusu yayıldı. Nargile kokusundan da hoştu bu koku.

"Beni neden görmek istiyordunuz?" diye sordu delikanlı.

"İşaretler yüzünden," diye yanıtladı Simyacı. "Rüzgâr bana senin geleceğini söyledi. Ve yardıma ihtiyacın olacakmış."

"Hayır, sözünü ettiğiniz ben değilim. Öteki yabancı, İngiliz. Sizi o arıyordu."

"Beni bulmadan önce başka şeyler bulması gerekecek onun. Ama şimdi iyi yolda. Çöle bakmaya başladı."

"Ya ben?"

"Bir şey istediğimiz zaman, düşümüzü gerçekleştirmemiz için bütün Evren işbirliği yapar," dedi Simyacı, yaşlı kralın sözlerini tekrarlayarak.

Delikanlı anladı. Demek ki, onu Kişisel Menkıbe'sine götürmek için bir başkası çıkmıştı yoluna.

"Demek ki bana öğreteceksiniz?"

"Hayır. Bilinmesi gereken ne varsa biliyorsun artık. Ben sadece hazinene giden yolda sana kılavuzluk edeceğim."

"Kabileler arasında savaş var," diye tekrarladı delikanlı.

"Ama ben çölü tanıyorum."

"Ben hazinemi çoktan buldum. Bir devem var, billuriye dükkânından kazandığım para var, elli altın liram var. Ülkemde zengin bile sayılırım."

"Ama bunlar, piramitlerin yanında bulunanların karşısında hiç kalır."

"Fatima var. Kazandığım her şeyden daha büyük bir hazine."

"O da piramitlerin yanında değil."

Atmacaları sessizce yediler. Simyacı bir şişe açıp konuğunun bardağına kırmızı renkli bir sıvı koydu. Şaraptı ve ömrü boyunca hiç içmediği en güzel şaraplardan biri. Ama şarabı Şeriat yasaklamıştı.

"Kötülük," dedi Simyacı, "insanın ağzından giren şeyde değildir. Kötülük oradan çıkandadır."

İçince, kendini tam anlamıyla iyi hissetmeye başlamıştı delikanlı. Ama Simyacı biraz korkutuyordu onu. Çadırdan dışarı çıkıp yıldızları sönükleştiren ay ışığını seyretmeye koyuldular.

"İç ve keyiflen biraz," dedi, delikanlının giderek neşelendiğini saptayan Simyacı. "Savaşa gitmeden bir savaşçı nasıl dinleniyorsa sen de dinlen. Ama unutma ki yüreğin hazinenin bulunduğu yerdedir. Ve çıktığın yolda keşfettiğin şeyin bir anlamı olması için hazineni mutlaka bulmak zorundasın."

"Yarın, deveni satıp bir at al. Haindir develer. En küçük bir yorgunluk belirtisi göstermeden binlerce fersah yol alırlar. Ve sonra birden dizüstü çöküp ölürler. Oysa atlar yavaş yavaş yorulur. Ve sen onlardan neler isteyebileceğini ve ne zaman öleceklerini bilirsin."

Ertesi akşam Simyacı'nın çadırının önüne bir atla geldi delikanlı. Bir süre sonra Simyacı göründü. O da ata binmişti, sol omzunda bir şahin vardı.

"Çölde bana hayatı göster," dedi Simyacı. "Çölde hayatın bulunduğu yeri bulabilen, çöldeki hazineleri de keşfedebilir."

Ay aydınlığında, çölün kumlarında yola koyuldular. "Bilmem ki çölde hayatın bulunduğu yeri bulabilecek miyim?" diye düşündü delikanlı. "Henüz çölü tanımıyorum."

Bu düşüncesini dönüp Simyacı'ya açmak istedi ama ondan korkuyordu. Daha önce gökyüzünde atmacaları gördüğü taşlık bölgeye geldiler; şimdi her şeye sessizlik ve rüzgâr egemendi.

"Çölde hayatın işaretlerini çözmeyi beceremiyorum," dedi genç adam. "Onun var olduğunu biliyorum, ama onu bulmayı başaramıyorum."

"Hayat hayatı çeker," diye yanıtladı Simyacı.

Ve delikanlı onun ne demek istediğini anladı. Bunun üzerine, hemen atının dizginlerini saldı ve at, taşların ve kumların arasında kendi bildiğince dörtnala ilerlemeye başladı. Simyacı, onu sessizce izliyordu; böylece delikanlının atı yarım saat yol aldı. Artık ikisi de vahanın hurma ağaçlarını göremiyorlardı; artık yalnızca şu benzersiz ay aydınlığı ve onun gümüş gibi parlattığı kayalar vardı. Birden şimdiye kadar hiç gelmediği bir yerde atının yavaşladığını hissetti delikanlı.

"Burada hayat var," dedi Simyacı'ya. "Ben çölün dilini bilmiyorum ama atım, hayatın dilini biliyor."

Atlarından indiler. Simyacı hiçbir şey söylemedi. Sessizce ilerleyerek taşlara bakmaya başladı. Birden durdu ve büyük bir dikkatle eğildi. Taşların arasında bir delik vardı yerde; Simyacı elini deliğe soktu, sonra omzuna kadar bütün kolunu. Deliğin içinde bir şey kımıldadı ve Simyacı'nın harcadığı çabaya tanıklık eden gözleri (delikanlı yalnızca gözlerini görüyordu onun) kısıldı. Kolu, deliğin içinde bulunan bir şeyle boğuşuyor gibiydi. Ve birden delikanlıyı korkutan bir hareketle, kolunu çekti Simyacı ve hemen ayağa kalktı. Elinde, kuyruğundan yakaladığı bir yılan vardı.

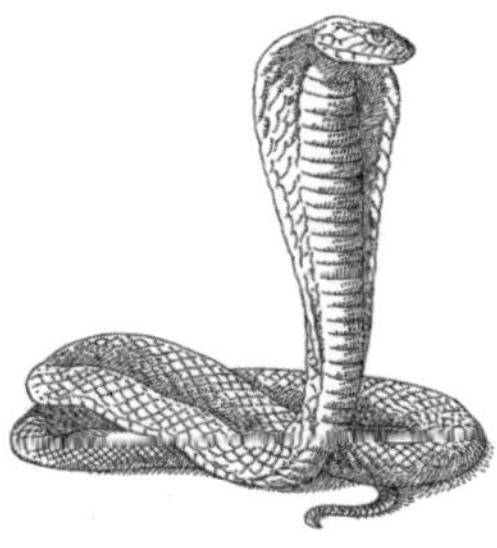

Delikanlı da sıçradı, ama geriye doğru. Yılan çılgınca debeleniyor, çıkardığı sesler ve ıslığı, çölün sessizliğinde yankılanıyordu. Bir kobraydı bu ve zehri bir insanı birkaç dakika içinde öldürebilirdi.

"Zehre dikkat," diye düşündü delikanlı. Ama elini deliğe sokmuş olan Simyacı'yı çoktan sokmuştu yılan. Buna karşın, yüzü son derece sakindi Simyacı'nın. "Simyacı iki yüz yaşındadır," demişti İngiliz. Çölün yılanlarına karşı nasıl davranması gerektiğini biliyor olmalıydı.

Delikanlı, arkadaşının atının yanına gittiğini, hilal

biçimli uzun kılıcını aldığını, bununla yere bir daire çizdiğini ve sürüngenin birden donup kaldığını gördü.

"Korkma," dedi Simyacı. "Çizginin dışına çıkamaz. Çöldeki hayatı keşfettin, benim için gerekli olan işaretti."

"Bu neden bu kadar önemli?"

"Çünkü piramitler, çölün ortasındadır."

Delikanlı artık piramitler konusunda hiçbir şey duymak istemiyordu. Dün akşamdan bu yana, yüreği sıkıntılı ve kederliydi. Hazineyi aramayı sürdürmek, aslında Fatima'dan ayrılmak zorunda kalmak demekti.

"Çölde sana kılavuzluk edeceğim," dedi bu sırada Simyacı.

"Ben vahada kalmak istiyorum," dedi delikanlı. "Fatima ile karşılaştım. Ve benim için hazineden daha değerli Fatima."

"Fatima bir çöl kızıdır. Erkeklerin geri dönmek üzere gitmek zorunda olduklarını bilir. O çoktan buldu hazinesini; seni buldu. Şimdi senin de kendi aradığın şeyi bulmanı bekliyor."

"Peki kalmaya karar verirsem?"

"Vaha müşaviri olacaksın. Epeyce koyun ve deve alacak kadar paran var. Fatima'yla evleneceksin ve ilk yılı mutlu yaşayacaksınız. Çünkü sevmeyi öğreneceksin ve elli bin hurma ağacını tek tek tanıyacaksın. Nasıl geliştiklerini göreceksin ve sana dünyanın durmadan değiştiğini gösterecekler. Bir süre sonra, işaretleri giderek daha iyi yorumlayacaksın, çünkü çöl, hocaların hocasıdır.

İkinci yıl, 'bir hazine vardı' diye hatırlayacaksın. İşaretler ısrarla ondan söz etmeye başlayacaklar ve sen bunları görmezden ve duymazdan gelmeye çalışacaksın. Bilgilerini yalnızca vaha ve sakinlerinin iyiliği için kullanacaksın. Reisler bundan dolayı sana minnet duyacak; develer sana para ve güç taşıyacak.

Üçüncü yıl, işaretler sana hazinenden ve Kişisel Menkıbe'nden söz etmeyi sürdürecek. Gece ve gündüz, vahada dolaşıp duracaksın ve Fatima, kendisi yüzünden yoluna devam edemediğin için kederli bir kadın olacak. Ama sen, onu sevmeyi sürdüreceksin ve o da seni sevecek. Onun, senden kalmanı istemediğini hatırlayacaksın; çünkü çöl kadını kocasının dönüşünü beklemeyi bilir. Bu yüzden ona kızmayacaksın. Ama, belki de yoluna devam etmen, Fatima'ya olan aşkına daha çok güvenmen gerektiğini düşünerek çölün kumlarında, hurma ağaçlarının arasında durmadan yürüyeceksin. Çünkü vahada kalma nedenin, aslında bir daha geri dönememek korkundur yalnızca. Ve işte o zaman, işaretler sana hazinenin ebediyen toprağa gömülü kaldığını söyleyecekler.

Dördüncü yıl, kendilerini dinlemediğin için işaretler yüz çevirecekler sana. Kabile reisleri, bu durumu anlayacaklar ve Müşavirlik görevinden azledileceksin. Deve sürüleri ve mal mülk sahibi zengin bir tüccar olacaksın o zaman. Ama bundan sonraki günlerini, Kişisel Menkıbe'ni gerçekleştirmemiş olduğunu ve bunu yapmak için vaktin çoktan geçtiğini düşünerek hurmalıkta ve çölde dolaşıp duracaksın.

Aşkın, bir erkeğin kendi Kişisel Menkıbe'sinin peşinden gitmesine engel olmadığını anlaman gerekiyor. Böyle bir şey söz konusu olduğu zaman bil ki Evrenin Dili'ni konuşan Aşk değildir bu, yani gerçek Aşk değildir."

Simyacı kuma çizdiği çemberi sildi ve kobra hemen uzaklaşıp taşların arasına girdi.

Delikanlı, her zaman Mekke'ye gitmek istemiş olan billuriye tüccarı ile bir simyacı arayan İngiliz'i düşünüyordu. Çöle güvenen kadını düşünüyordu: Çöl, sevmek istediği erkeği bir gün getirmişti ona.

Atlarına bindiler. Bu kez, delikanlı izliyordu Simyacı'yı. Rüzgâr, vahanın gürültüsünü taşıyordu kulaklarına.

Delikanlı Fatima'nın sesini duymaya çalışıyordu. O gün savaş yüzünden kuyuya gitmemişti.

Ama geceleyin, bir çemberin içinde hareketsiz duran yılana bakarlarken omzunda şahin taşıyan garip süvari, aşktan ve hazineden, çöl kadınlarından ve Kişisel Menkıbe'sinden söz etmişti.

"Sizinle geleceğim," dedi delikanlı. Ve birden içinde büyük bir huzur hissetti.

"Yarın güneşten önce yola çıkacağız."

Simyacı'nın tek yanıtı bu cümle oldu.

Delikanlı o gece uyuyamadı. Güneş doğmadan önce, çadırda kendisiyle birlikte kalan çocuklardan birini uyandırdı ve ondan, Fatima'nın oturduğu yeri göstermesini istedi. Birlikte çıkıp oraya gittiler. Delikanlı, çocuğun kılavuzluğuna karşılık ona bir koyun almaya yetecek para verdi.

Sonra genç kızın uyuduğu yeri bulmasını, onu uyandırmasını ve dışarıda kendisini beklediğini söylemesini rica etti. Genç Arap kendisine söyleneni yaptı ve buna karşılık bir başka koyun satın almasına yetecek para aldı.

"Şimdi bizi yalnız bırak," dedi çocuğa. Vaha Müşaviri'ne yardım ettiği için gurur duyan ve koyun alacak parası olduğu için de mutluluktan uçan çocuk, tekrar uyumak üzere çadırına döndü.

Fatima çadırın kapısında göründü. Birlikte hurma ağaçlarının arasına yürüdüler. Delikanlı yaptıklarının geleneğe aykırı olduğunu biliyordu, ama şimdi bunun hiçbir önemi yoktu.

"Ben gidiyorum," dedi. "Ve geri geleceğimi bilmeni istiyorum. Seni seviyorum, çünkü..."

"Hiçbir şey söyleme," diyerek sözünü kesti Fatima. "İnsan sevdiği için sever. Aşkın hiçbir gerekçesi yoktur."

Ama, gene de yanıtladı delikanlı:

"Seni seviyorum, çünkü bir düş gördüm, sonra bir krala rastladım, billuriye sattım, çölü geçtim, kabileler savaşa tutuştular ve bir simyacının oturduğu yeri öğrenmek için bir kuyunun yanına geldim. Seni seviyorum, çünkü bütün Evren sana ulaşmam için işbirliği yaptı."

Kucaklaştılar. Bedenleri ilk kez birbirine dokunuyordu.

"Geri döneceğim," dedi bir kez daha delikanlı.

"Önceleri, çöle baktığım zaman içimde bir arzu duyardım. Şimdi içimde umut olacak. Babam bir gün gitti, ama daha sonra anneme geri döndü ve ne zaman gitse geri dönüyor."

Bundan başka bir şey konuşmadılar. Hurmalıkta biraz yürüdüler. Delikanlı genç kızı çadırının kapısına kadar götürdü.

"Baban, annene nasıl dönüyorsa ben de geri döneceğim," dedi ona.

Fatima'nın gözlerine yaş dolduğunu fark etti.

"Ağlıyor musun?"

"Ben bir çöl kadınıyım," diye yanıtladı, yüzünün ifadesini değiştirerek. "Ama her şeyden önce bir kadınım ben."

Fatima çadırına girdi. Kısa bir süre sonra güneş doğacaktı. Güneş doğunca yıllardır yapmaya alıştığı şeyleri yapmak için dışarı çıkacaktı, ama her şey değişmişti. Delikanlı, vahadan ayrılmıştı; vaha, daha düne kadar taşıdığı anlamı yitirmişti. Gezginlerin uzun bir yolculuktan sonra ulaşınca mutlu oldukları, elli bin hurma ağaçlı, üç

yüz kuyulu vaha değildi artık burası. Vaha, bugünden sonra boş bir mekân olacaktı onun için.

Bu günden sonra çöl, vahadan daha çok önem kazanacaktı. Hazinesini ararken delikanlının kendisine hangi yıldızı kılavuz seçtiğini düşünerek ve çöle bakarak vakit geçirecekti. Delikanlıya rüzgârla öpücükler gönderiyor ve rüzgârın, onun yüzüne dokunacağını ve ona kendisinin hayatta olduğunu, düşlerin ve hazinelerin peşinde yoluna devam eden cesur bir erkeği bekleyen bir kadın gibi onu beklediğini ona söyleyeceğini umuyordu.

Bugünden sonra çöl, bir tek şeyin simgesi olacaktı: Onun dönüş umudunun.

"Arkada bıraktığın şeyleri düşünme," dedi Simyacı, atlarıyla çölün kumlarında ilerlerlerken. Her şey Evrenin Ruhu'na kazınmıştır ve ebediyen orada kalacaktır.

"İnsanlar gitmekten çok geri dönüşü hayal ediyorlar," dedi, çölün sessizliğine –yeniden– alışmış olan delikanlı.

"Bulduğun şey, saf maddeden yapılmışsa hiçbir zaman çürümeyecektir. Ve oraya bir gün geri döneceksin. Bir yıldız patlaması gibi bir anlık ışıktan başka bir şey değilse o zaman geri dönüşünde hiçbir şey bulamayacaksın. Gene de en azından bir ışık patlaması görmüş olacaksın. Yalnızca bu bile, yaşamış olmanın zahmetine değer."

Adam simya diliyle konuşuyordu. Ama yol arkadaşının Fatima'yı ima ettiğini biliyordu delikanlı.

İnsanın geride bırakmış olduklarını düşünmemesi olanaksızdı. Çöl, hemen hemen hiç değişmeyen görünümüyle, sürekli olarak düşlerle besleniyordu. Hurma ağaçları, kuyular ve sevdiği kadının yüzü, delikanlının gözünün önünden gitmiyordu. İngiliz ve laboratuvarı, bir hoca olan ama bunu bilmeyen deveci de gözünün önünden gitmiyordu. "Belki de Simyacı hiç âşık olmamıştır," diye düşündü.

Omzunda şahinle Simyacı önden gidiyordu. Şahin, çölün dilini tam anlamıyla biliyordu ve mola verdiklerinde Simyacı'nın omzundan uçup yiyecek aramaya gidiyordu. İlk gün bir tavşan getirdi. Ertesi gün iki kuş.

Akşamları yaygılarını yere seriyor ama ateş yakmıyorlardı. Geceleri soğuk olan hava, ay gökyüzünde küçüldükçe daha karanlık oluyordu. Bir hafta boyunca sessizlik içinde ilerlediler; savaşın içine düşmemek için alınması gereken önlemler dışında hiçbir şey konuşmuyorlardı. Kabileler arasındaki savaş sürüyordu; kimi zaman rüzgârın getirdiği kanın ağır kokusunu duyuyorlardı. Demek ki yakınlarda bir savaş olmuştu ve rüzgâr, gözlerinin göremediği şeyleri her zaman göstermeye hazır olan İşaretlerin Dili'nin varlığını delikanlıya anımsatıyordu.

Yolculuklarının yedinci gününün akşamı, her zamankinden daha erken konaklamaya karar verdi Simyacı. Şahin, av aramaya gitti. Simyacı, kırbasını çıkartıp delikanlıya su verdi.

"İşte, kısa bir süre sonra yolculuğun sona erecek," dedi. "Kişisel Menkıbe'nin izinden gittin: Kutlarım seni."

"Ama bana hiçbir şey söylemeden kılavuzluk ediyorsunuz. Bildiklerinizi bana öğreteceğinizi sanıyordum. Bir süre önce, elinde simya kitapları olan biriyle birlikte çölde yolculuk yaptım. Ama hiçbir şey öğrenemedim."

"Bir tek öğrenme yöntemi vardır," diye yanıtladı Simyacı. "Eylem yöntemi. Bilmen gereken her şeyi sana yolculuk öğretti. Öğrenmen gereken bir tek şey kaldı."

Delikanlı bunun ne olduğunu öğrenmek istedi, ama şahinin dönüşünü gözetleyen Simyacı, gözlerini ufuğa dikti.

"Size neden Simyacı diyorlar?"

"Simyacıyım da ondan."

"Peki altın arayıp da bulmayı beceremeyen öteki simyacılar neden başaramıyorlar bu işi?"

"Altın aramakla yetiniyorlar. Menkıbe'nin kendini yaşamak istemeksizin Kişisel Menkıbe'lerinin hazinesini arıyorlar."

"Bilmem gereken daha ne var?" diye sordu delikanlı.

Ama gözlerini ufuktan ayırmıyordu Simyacı. Bir süre sonra şahin bir avla döndü. Alevlerin ışığını kimsenin görmemesi için bir çukur kazıp içinde ateş yaktılar.

"Bir simyacı olduğum için Simyacı'yım ben," dedi, yemeklerini hazırlarken. "Bu bilimi atalarımdan öğrendim, ki onlar da kendi atalarından öğrenmişlerdi. Ve dünyanın yaratılışından bu yana bu böyledir. O sıralar bütün Büyük Yapıt bilimi küçük bir zümrüdün üzerine yazılabilirdi. Ama insanlar basit şeyleri önemsemediler ve kitaplar, yorumlar ve felsefi incelemeler yazmaya başladılar. Üstelik en iyi yöntemi kendilerinin bildiklerini ileri sürmeye kalkıştılar."

"Zümrüt Levha'da ne yazıyordu?" diye sordu delikanlı.

Simyacı bunun üzerine kuma bir şeyler çizmeye başladı ve bu iş beş dakikadan fazla sürmedi. Simyacı çizmeyi sürdürürken delikanlı yaşlı kralı ve ona rastladığı alanı anımsıyordu; sanki aradan çok uzun yıllar geçmiş gibiydi.

"Zümrüt Levha'nın üzerinde yazılı olan işte buydu," dedi Simyacı, işini bitirdiği zaman.

Delikanlı yaklaşıp kumun üzerinde yazılı olan sözcükleri okudu.

"Bir şifre bu," dedi, Zümrüt Levha yüzünden biraz hayal kırıklığına uğramış olan delikanlı. Sanki İngiliz'in kitaplarında da yazıyordu böyle bir şey.

"Hayır," diye yanıtladı Simyacı. "Atmacaların uçuşuna benzer bu. Yalnızca akılla anlaşılması olanaksızdır. Zümrüt Levha, doğrudan doğruya Evrenin Ruhu'na giden bir geçittir."

"Bilgeler, doğal dünyanın Cennet'in bir görüntüsünden ve bir suretinden başka bir şey olmadığını anladılar. Tek gerçek şudur ki, var olan bu dünya, bundan daha mükemmel bir dünyanın var olduğunun güvencesidir. Tanrı bu dünyayı, insanlar, görülen nesneler aracılığıyla manevi öğretileri ile bilgisinin mucizelerini anlayabilsinler diye yarattı. Ben buna Eylem diyorum."

"Benim Zümrüt Levha'yı anlamam gerekir mi?" diye sordu delikanlı.

"Belki bir simya laboratuvarında olsaydın, şimdi Zümrüt Levha'yı öğrenme yönteminin en iyisini incelemenin tam sırasıydı. Ama çöldesin şimdi. Öyleyse en iyisi çölün içine dal. Dünyayı ve aynı zamanda yeryüzünde olan herhangi bir şeyi anlamana yardımcı olur. Çölü anlamaya bile ihtiyacın yok. Bir tek kum tanesini seyretmen yeter; o zaman orada Evren'in bütün harikalarını göreceksin."

"Çölün içine dalmak için ne yapmalıyım?"

"Kendi yüreğini dinle. Yüreğin her şeyi bilir, çünkü Evrenin Ruhu'ndan gelmektedir ve bir gün oraya geri dönecektir."

Sessizce iki gün daha yol aldılar. Simyacı, en şiddetli savaşların olduğu yere yaklaştıkları için çok daha dikkatli davranıyordu. Ve delikanlı var gücüyle yüreğini dinlemeye çalışıyordu.

Bu yüreği dinlemek öyle kolay bir iş değildi. Bir zamanlar hep yola çıkmaya hazır tetikte beklerdi, ama gel gör ki şimdi ne pahasına olursa olsun varmak istiyordu. Yüreği kimi zaman, içi özlem dolu öyküler anlatıp duruyordu uzun süre; kimi zaman da çölde, güneşin doğuşu karşısında heyecanlanıyor ve delikanlıyı gizli gizli ağlatıyordu. Ona hazineden söz ettiği zaman hızlı hızlı çarpıyor, ama delikanlının gözleri çölün sonsuz ufkunda yittiği zaman da yavaşlıyordu. Ama delikanlı, Simyacı'yla tek bir sözcük konuşmasa da bu yürek hiç susmuyordu.

"Yüreğimizi neden dinlemeliyiz?" diye sordu, mola verdikleri akşam.

"Çünkü yüreğin neredeyse hazinen de oradadır."

"Yüreğim sıkıntılı, çalkantılı," dedi delikanlı. "Düşler görüyor, heyecanlanıyor ve bir çöl kızına âşık. Bana bir yığın şey soruyor, çöl kızını düşündüğüm zaman, geceler ve gündüzler boyu beni uykusuz bırakıyor."

"Ne âlâ! Demek ki yüreğin canlı. Onun söylediklerini dinlemeye devam et."

Bunu izleyen üç gün boyunca birçok savaşçıyla karşılaştılar, ufukta da başka savaşçılar gördüler. Delikanlının yüreği korkudan söz etmeye başladı. Evrenin Ruhu'ndan duyduğu öyküleri anlatıyordu delikanlıya. Hazinelerini aramaya çıkan, ama onları hiçbir zaman bulamayan insanların öyküleriydi bunlar. Kimi zaman da, hazinesine hiçbir zaman ulaşamayacağı ya da çölde ölebileceği düşüncesiyle korkutuyordu delikanlıyı. Ya da bazen, gönlünün sultanına rastladığı ve bir yığın altın lira kazanmış olduğu için, şimdi hoşnut olduğunu söylüyordu delikanlıya.

"Yüreğim bir hain," dedi delikanlı Simyacı'ya, atlarını biraz dinlendirmek için durduklarında. "Devam etmemi istemiyor."

"Ne âlâ," diye yanıtladı Simyacı. "Bu da yüreğinin diri olduğunu gösteriyor. Şimdiye kadar elde etmeyi başardığın şeyleri bir düşle değiştokuş etmekten korkması kadar doğal ne var."

"Öyleyse neden yüreğimi dinlemek zorundayım?"

"Çünkü onu susturmayı hiçbir zaman başaramazsın. Hatta onu dinlemiyormuş gibi yapsan da o gene oradadır, göğsündedir; hayat ve dünya hakkında ne düşündüğünü sana tekrarlamayı sürdürecektir."

"Bir hain olsa da mı?"

"İhanet, senin beklemediğin bir darbedir. Ama sen yüreğini tanıyacak olursan, sana baskın yapmayı hiçbir zaman başaramayacaktır. Çünkü onun düşlerini ve arzularını tanıyacaksın ve onları hesaba katacaksın. Hiç kimse kendi yüreğinden kaçamaz. Bu nedenle en iyisi onun söylediklerini dinlemek. Böylece, kendisinden beklemediğin bir darbe indirmeyecektir kesinlikle sana."

Delikanlı, çölde yol alırlarken yüreğini dinlemeyi sürdürdü. Onun kurnazlıklarını, onun hilelerini öğrendi ve sonunda onu olduğu gibi kabul etti. Bunun üzerine korkmayı bıraktı, geri dönme isteğini geride bıraktı, çünkü bir akşam yüreği, ona mutlu olduğunu söylemişti. "Biraz şikâyet edecek olursam," diyordu yüreği, "bu yalnızca benim bir insan yüreği olmamdandır ve insanların yürekleri böyle olur. Ulaşmaya layık olmadıklarını ya da ulaşamayacaklarını sandıkları için en büyük düşlerini gerçekleştirmekten korkarlar. Dirilmemek üzere sona ermiş aşklar, olağanüstü olabilecek, ama olamayan anlar, keşfedilmesi gereken, ama sonsuza dek kumların altında kalan hazineler daha aklımıza gelir gelmez bizler, yürekler hemen ölürüz. Çünkü böyle bir durumla karşılaşınca ölümcül acılar çekeriz."

"Yüreğim acı çekmekten korkuyor," dedi bir gece Simyacı'ya, aysız gökyüzüne bakarlarken.

"Yüreğine, acı korkusunun, acının kendisinden de kötü bir şey olduğunu söyle. Düşlerinin peşinde olduğu sürece hiçbir yürek kesinlikle acı çekmez. Çünkü araştırmanın her anı, Tanrı ve Sonsuzluk ile karşılaşma anıdır."

"Her arama anı, bir karşılaşma anıdır," dedi delikanlı yüreğine. "Hazinemi aradığım sırada her gün pırıl pırıldı, çünkü her saatin, onu bulma düşünün bir parçası olduğunu biliyordum. Hazinemi ararken yolumun üzerinde öylesine şeyler keşfettim ki, bir çoban için olanaksız şeylere girişmek cesaretim olmasaydı bunlara rastlamayı kesinlikle hayal bile edemezdim."

Bunun üzerine yüreği bütün bir öğle sonu yatıştı. Ve geceleyin derin bir uykuya daldı. Delikanlı uyanınca yüreği ona Evrenin Ruhu'nun işlerini anlatmaya başladı. Her mutlu insanın, içinde Tanrı'yı taşıyan insan olduğunu söyledi. Ve tıpkı daha önce Simyacı'nın da söylediği gibi mutluluğun, çölün küçük bir kum tanesinde bulunabileceğini söyledi. Çünkü bir kum tanesi Yaratılış'ın bir anıdır ve evren, onu yaratmak için milyonlarca, milyonlarca yıl uğraşmıştır. "Yeryüzünde her insanın kendisini bekleyen bir hazinesi vardır," dedi yüreği delikanlıya. "Biz yürekler, insanlar artık bu hazineleri bulmak istemedikleri için bunlardan pek ender söz ederiz. Onları küçük çocuklara anlatırız. Sonra herkesi, kendi yazgısının yoluna göndermek işini hayata bırakırız. Ne yazık ki, kendisine çizilmiş olan yolu, pek az insan izliyor; oysa bu yol, Kişisel Menkıbe'nin ve mutluluğun yoludur. İnsanların çoğu dünyayı korkutucu bir şey olarak görüyorlar ve yalnızca bu nedenden dolayı da dünya gerçekten korkutucu bir şey oluyor. O zaman biz yürekler, giderek daha alçak sesle konuşmaya başlıyoruz ama asla susmuyoruz. Ve sözlerimizin duyulmaması için dilekte bulunuyoruz: Kendilerine çizmiş olduğumuz yolu izlemedikleri için insanların acı çekmelerini istemiyoruz."

"Peki yürekler, insanlara düşlerinin peşinden gitmek zorunda olduklarını neden söylemiyorlar?" diye sordu delikanlı, Simyacı'ya.

"Çünkü bu durumda en çok, yürek acı çeker. Ve yürekler acı çekmekten hoşlanmazlar."

Delikanlı o gün yüreğini dinledi. Ondan, kendisini asla terk etmemesini istedi. Ondan, düşlerinden uzaklaşacak olursa göğsünde sıkışmasını ve kendisini uyarmasını, uyarı işareti vermesini istedi. Ve bu işareti ne zaman duyarsa ona dikkat edeceğine yemin etti.

Delikanlı o gece bu konuların hepsini Simyacı'yla konuştu. Ve Simyacı, delikanlının yüreğinin Evrenin Ruhu'na geri dönmüş olduğunu anladı.

"Şimdi ne yapmalıyım?" diye sordu delikanlı.

"Piramitler yönünde yürümeye devam et," dedi Simyacı. "Ve işaretlere dikkat et. Yüreğin artık sana hazineyi gösterebilecek durumda."

"Yoksa benim henüz bilmediğim bu mu?"

"Hayır. Senin henüz bilmediğin şudur," dedi Simyacı:

"Evrenin Ruhu, bir düşü gerçekleştirmeden önce yol boyunca öğrenilen her şeye değer biçer. Bize karşı kötü duygular beslediği için böyle davranmaz. Düşümüzü gerçekleştirmemizin yanı sıra, ona doğru ilerlerken aldığımız dersleri de iyice öğrenmemizi ister. Ama insanların çoğunluğu, işte bu anda vazgeçerler. Çölün dilinde biz bu durumu şöyle tanımlarız: vahanın palmiyeleri ufukta görünmüşken susuzluktan ölmek.

Araştırma her zaman acemi talihiyle başlar. Ve her zaman 'fatihin sınavı'yla sona erer."

Delikanlı ülkesinde söylenen eski bir atasözünü anımsadı: En karanlık an, şafak sökmeden önceki andır.

İlk somut tehlike işareti ertesi gün görüldü. Üç savaşçı gelip iki yolcuya buralarda ne aradıklarını sordular.

"Ben şahinimle avlanmaya geldim," dedi Simyacı.

"Sizi aramamız gerek, bakalım silahınız var mı?" diye konuştu savaşçılardan biri.

Simyacı atından ağır ağır indi. Arkadaşı da onun gibi yaptı.

"Neden yanınızda bu kadar para var?" diye sordu, delikanlının para kesesini gören savaşçı.

"Mısır'a gitmek için," diye yanıtladı delikanlı.

Simyacıyı arayan savaşçı, sıvıyla dolu bir kristal şişe ve tavuk yumurtasından biraz daha büyük, sarı renkli camdan bir yumurta buldu.

"Bu ne?" diye sordu savaşçı.

"Felsefe Taşı ile Ebedî Hayat İksiri. Simyacıların Bü-

yük Yapıtı. Bu iksirden içen kimse kesinlikle hasta olmaz ve bu taşın küçük bir parçası herhangi bir madeni altına çevirir."

Üç savaşçı, kahkahayla güldüler, Simyacı da onlarla birlikte güldü. Yanıtı çok eğlenceli bulmuşlardı. Bunun üzerine, iki yolcuya, eşyalarıyla birlikte gitmeleri için fazla güçlük çıkarmadılar.

"Deli misiniz siz?" diye sordu delikanlı biraz uzaklaşınca. "Onu neden böyle yanıtladınız?"

"Sana hayatın çok basit bir yasasını göstermek için: Gözümüzün önünde büyük hazineler olduğu zaman asla göremeyiz onları. Peki, neden bilir misin? Çünkü insanlar hazineye inanmazlar."

Çölde yolculuklarına devam ettiler. Günler geçtikçe giderek sessizleşiyordu delikanlının yüreği: Geçmiş ya da geleceğin olaylarıyla ilgilenmiyordu artık, o da çölü seyretmekle ve delikanlıyla birlikte Evrenin Ruhu'nu içmekle yetiniyordu. Yüreği ile delikanlı, artık birbirlerine ihanet edemeyecek iki büyük dost oldular.

Yürek, bazen, uzun sessizlik saatleri sonunda müthiş yorgun düşen delikanlıyı ferahlatmak, yüreklendirmek amacıyla konuşuyordu. Yürek, ilkin onun büyük niteliklerinden söz etti: koyunlarından ayrılmak için gereken cesaretinden, kendi Kişisel Menkıbe'sini yaşamasından ve billuriye dükkânında çalışırken kanıtladığı coşkusundan.

Delikanlının henüz fark etmediği bir başka şeyden de söz etti: hiç farkına varmadan kurtulduğu tehlikelerden. Birinde, babasının tabancasını çalarak saklamıştı. Ama kuşkusuz, kendi kendini yaralayabilirdi. Delikanlıya kırın ortasında hasta olduğu günü anımsattı: Delikanlı, kusmuş, ardından epeyce uyumuştu. Oysa, bu sırada onu öldürüp koyunlarını çalmayı tasarlayan iki haydut biraz ileride bekliyordu onu. Ama genç çobanın gelme-

diğini görünce, onun yolunu değiştirdiğini sanıp oradan ayrılmışlardı.

"Yürekler her zaman insanlara yardım ederler mi?" diye sordu Simyacı'ya.

"Yalnızca kendi Kişisel Menkıbe'lerini yaşayanlara yardım ederler. Ama çocuklara, sarhoşlara ve ihtiyarlara da çok yardım ederler."

"Bu öyleyse tehlike olmadığı anlamına mı geliyor?"

"Bu yalnızca yüreklerin ellerinden geleni yaptıkları anlamına geliyor," diye yanıtladı Simyacı.

Bir akşam savaşan kabilelerden birinin ordugâhından geçtiler. Her yanda silahlarını kullanmaya hazır, görkemli beyaz giysiler giymiş Araplar vardı. Adamlar nargile içiyor ve savaşları anlatarak gevezelik ediyorlardı. İki yolcuya hiç kimse dikkat etmedi.

"Hiçbir tehlike yok," dedi delikanlı, biraz uzaklaştıkları zaman.

Simyacı öfkelendi.

"Yüreğine güven," dedi, "ama çölde bulunduğunu da unutma. İnsanlar savaşırken Evrenin Ruhu da savaş çığlıklarını duyar. Gökyüzünün altında olanların sonuçlarından hiç kimse kurtulamaz."

"Her şey, bir ve tek şeydir," diye düşündü delikanlı.

Ve çöl sanki Simyacı'nın haklı olduğunu kanıtlamak istermiş gibi, yolcuların arkasında birden iki atlı ortaya çıktı.

"Daha ileriye gidemezsiniz," dedi biri. "Şu anda savaş bölgesinde bulunuyorsunuz."

"Çok uzağa gitmiyorum," dedi Simyacı, atlıların gözlerinin içine bakarak.

Atlılar bir süre hiçbir şey söylemediler, sonra yolcuların yollarına gitmelerine izin verdiler.

Delikanlı olanları hayranlık içinde seyretmişti.

"Adamlara bakışınızla boyun eğdirdiniz," dedi.

"Gözler ruhun gücünü gösterir," diye yanıtladı Simyacı.

"Doğru," diye düşündü delikanlı. Ordugâhta, askerlerin arasında bulunan bir adamın, gözlerini Simyacı ile kendisinin üzerine dikmiş olduğunun farkına varmıştı. Çok uzakta olduğu için yüzü pek seçilemiyordu. Ama bu adamın kendilerini gözetlediği de kesindi.

Sonunda ufuk boyunca uzanan bir sıradağı aşmaya çalışırlarken Simyacı, piramitlere iki günlük yol kaldığını söyledi.

"Kısa bir süre sonra ayrılmak zorunda kalacaksak bana simya öğretin," dedi delikanlı.

"Artık bilinmesi gereken her şeyi biliyorsun. Geriye sadece Evrenin Ruhu'na nüfuz etmek ve her birimize ayrılmış olan hazineyi keşfetmek kalıyor."

"Benim bilmek istediğim bu değil. Kurşunu altına dönüştürmekten söz ediyorum ben."

Simyacı, çölün sessizliğine saygı gösterdi ve ancak yemek yemek için durduklarında konuştu.

"Evrende her şey evrim geçirir. Ve bilenler için, en çok evrim geçirmiş madendir altın. Bana niçin olduğunu sorma, bilmiyorum. Yalnızca şunu biliyorum: Geleneğin öğrettikleri, her zaman doğrudur. Ama insanlar bilgelerin sözlerini doğru olarak yorumlayamadılar. Ve altın evrimin simgesi olacağına savaşların işareti oldu."

"Nesneler birçok dil konuşur," dedi delikanlı. "Devenin bozlamasının önce yalnızca deve bozlaması olduğunu gördüm, sonra tehlike işaretine dönüştüğünü ve daha sonra da tekrar bozlama olduğunu gördüm."

Ama sustu delikanlı. Simyacı bunların hepsini biliyor olmalıydı.

"Gerçek simyacılar tanıdım," diye konuşmaya başladı Simyacı. "Laboratuvarlarına kapanıp altın gibi evrimlenmeye çalışıyorlardı; Felsefe Taşı'nı keşfettiler. Çünkü bir şey evrim geçirdiğinde, çevrede bulunan her şeyin evrim geçirdiğini anlamışlardı. Başkaları Taş'ı rastlantıyla buldular. Bunların yetenekleri vardı, ruhları öteki insanların ruhlarından daha uyanıktı. Bunlar pek azdır, hesaba katmak gerekmez. Son olarak kimileri de yalnızca altın ararlar; bunlar sırrı hiçbir zaman bulamadılar. Kurşunun, bakırın, demirin de gerçekleştirilecek kendi Kişisel Menkıbe'leri olduğunu unutmuşlardır. Başkasının Kişisel Menkıbe'sine burnunu sokan kimse kendi Kişisel Menkıbe'sini kesinlikle keşfedemez."

Simyacı'nın sözleri bir beddua gibi yankılandı.

Eğilip bir kavkı aldı çölden.

"Burası eskiden denizdi," dedi.

"Bunu anlamıştım," diye karşılık verdi delikanlı.

Simyacı bir kavkı alıp kulağına dayamasını istedi ondan. Bunu çocukken birçok kez denemişti. Kavkıyı kulağına dayayınca deniz sesi duydu.

"Deniz her zaman bu kavkının içindedir, çünkü bu, onun Kişisel Menkıbes'idir. Ve çöl tekrar dalgalarla kucaklaşıncaya kadar da onu asla terk etmeyecektir."

Daha sonra atlarına bindiler ve Mısır piramitleri yönünde yola koyuldular.

Delikanlının yüreği tehlike işareti verdiği sırada güneş batmaya başlamıştı. Çevrelerinde yüksek kumullar vardı ve delikanlı Simyacı'ya baktı; ama Simyacı, besbelli hiçbir şey fark etmemişti. Beş dakika sonra tam karşılarında karaltıları tanyerine düşen iki atlı gördü. Delikanlı daha ağzını açıp Simyacı'ya bir şey söylemeden iki atlı, önce on, sonra yüz atlı oldu, en sonunda da bütün kumullar atlılarla doldu.

Savaşçılar mavi giyinmişti, türbanlarının çevresinde üçlü bir halka vardı. Yüzlerinde mavi renkli peçeler vardı ve yalnızca gözleri görünüyordu.

Bu mesafeden bile gözleri, ruh güçlerini yansıtıyordu. Ve bu gözler, ölümden söz ediyorlardı.

İki yolcuyu, yakınlarda bulunan bir ordugâha götürdüler. Bir asker, Simyacı ile arkadaşını vahadaki çadırlara pek benzemeyen bir çadıra soktu. Çadırda kurmaylarıyla birlikte bir komutan vardı.

"Bunlar casus," dedi adamlardan biri.

"Biz yolcuyuz," dedi Simyacı.

"Sizi üç gün önce düşman ordugâhında gördük. Ve muhariplerden biriyle konuştunuz."

"Ben çölde gezen ve yıldızları tanıyan bir gezginim," dedi Simyacı. "Birlikler ya da kabilelerin harekâtı hakkında hiçbir bilgim yoktur. Yalnızca arkadaşıma buraya kadar kılavuzluk ettim."

"Arkadaşın kim?" diye sordu Reis.

"Bir simyacı," dedi Simyacı. "Doğanın güçlerini bilir. Ve siz komutana, kendi olağanüstü güçlerini göstermek istemektedir."

"Bir yabancı ne yapıyor yabancı topraklarda?" diye sordu adamlardan biri.

"Kabilenize takdime olarak para getirdim," diye araya girdi Simyacı, delikanlının ağzını açmasına fırsat bırakmadan.

Ve delikanlının kesesini alarak altın liraları Reis'e verdi. Reis hiçbir şey söylemeden aldı paraları. Çok sayıda silah almaya yetecek yüklü bir paraydı bu.

"Bir simyacı nedir?" diye sordu sonunda Arap.

"Doğayı ve dünyayı bilen bir insandır. Canı isteseydi yalnızca rüzgârın gücünü kullanarak ordugâhı yerle bir edebilirdi."

Adamlar güldüler. Savaşta gördükleri şiddete alışkındılar ve rüzgârın öldürücü darbe indiremeyeceğini biliyorlardı. Bununla birlikte hepsi de yüreklerinin göğüslerinde sıkıştığını hissettiler. Çöl insanlarıydı bunlar ve büyücülerden korkarlardı.

"Böyle bir şey görmek isterdim," dedi Reis.

"Bize üç gün gerek," dedi Simyacı. "Sahip olduğu gücün etkisini göstermek için kendisi rüzgâr olacak. Bunu başaramayacak olursa, kabilenizin onuruna alçakgönüllü hayatlarımızı sunacağız."

"Bana ait olan bir şeyi bana sunamazsın," diye gürledi şef öfkeyle.

Ama yolculara üç günlük süreyi verdi.

Dehşete düşen delikanlı, yerinden kımıldayacak durumda değildi. Simyacı onun çadırdan çıkmasına yardım etmek için kolundan tutmak zorunda kaldı.

"Onlara korktuğunu gösterme," dedi ona. "Bunlar yürekli insanlar, korkakları küçük görürler."

Delikanlı konuşma yeteneğini yitirmişti. Sesine, ancak bir süre sonra ordugâhta yürürlerken kavuştu. Bir yere kapatılmalarının yararı yoktu: Araplar yalnızca atlarını almışlardı. Böylece Evren bir kez daha sayısız dillerini açıkladı: Şimdiye kadar özgür ve sınırsız bir mekân olan çöl, artık aşılması olanaksız bir surdu.

"Onlara bütün hazinemi verdiniz!" dedi delikanlı. "Ömür boyu kazandığım her şeyi."

"Ama ölecek olsaydın ne işine yarayacaktı hazinen? En azından üç günlüğüne hayatını kurtardı. Paranın ölümü geciktirdiği öyle pek sık görülmez."

Ama delikanlı hikmet sözlerini anlamayacak kadar korkmuştu. Rüzgâra nasıl dönüşebileceğini bilmiyordu. Simyacı değildi kendisi.

Simyacı bir savaşçıdan çay istedi; delikanlının bileklerine biraz çay döktü. Simyacı anlayamadığı bir şeyler söylerken, delikanlının içine bir dinginlik dalgası yayıldı.

"Umutsuzluğa teslim olma," dedi Simyacı alabildiğine tuhaf, yumuşak bir sesle. "Yoksa, yüreğinle konuşmana engel olur."

"Ama nasıl rüzgâra dönüşebilirim bilmiyorum."

"Kendi Kişisel Menkıbe'sini yaşayan kimse neye ihtiyacı varsa hepsini bilir. Bir düşün gerçekleşmesini bir tek şey olanaksız kılar: başarısızlığa uğrama korkusu."

"Başarısızlığa uğramaktan korkmuyorum. Yalnızca rüzgâra nasıl dönüşebileceğimi bilmiyorum."

"Öyleyse öğrenmen gerekecek. Hayatın buna bağlı."

"Ama ya başaramayacak olursam?"

"Kişisel Menkıbe'ni yaşamış olduğun için öleceksin. Bir Kişisel Menkıbe'nin ne olduğundan habersiz, bunun ne olduğunu asla öğrenemeyecek olan milyonlarca insan gibi ölmekten evladır bu. Ama korkma. Genellikle ölüm, insanı hayata karşı daha dikkatli olmaya zorlar."

Birinci gün geçti. Yakınlarda bir yerde büyük bir savaş oldu, ordugâha birçok yaralı getirdiler. "Ölüm hiçbir şeyi değiştirmiyor," diye düşündü delikanlı. Ölen savaşçıların yerini başkaları alıyor ve hayat devam ediyordu.

"Daha sonra da ölebilirdin, dostum," dedi bir muharip, silah arkadaşlarından birinin cesedinin yanında. "Barış zamanında da ölebilirdin. Ama önünde sonunda, şu ya da bu şekilde nasıl olsa ölecektin."

Akşama doğru Simyacı'yı bulmaya gitti delikanlı. Simyacı, şahiniyle birlikte çöle gidiyordu.

"Rüzgâra dönüşmeyi bilmiyorum," diye tekrarladı bir kez daha.

"Sana söylemiş olduğum şeyi hatırla: Dünya, Tanrı'nın yalnızca görünen parçasıdır. Simya da tinsel yetkinliği maddi alana yönlendirir yalnızca."

"Ne yapıyorsunuz?"

"Şahinimi besliyorum."

"Rüzgâra dönüşmeyi başaramazsam öleceğiz," dedi delikanlı. "O zaman şahini beslemek neye yarar?"

"Sen öleceksin," diye yanıtladı Simyacı. "Ben, rüzgâra dönüşmeyi biliyorum."

+

İkinci gün, ordugâhın yakınlarında bulunan bir kayanın tepesine tırmandı delikanlı. Nöbetçiler engel olmadılar; rüzgâra dönüşecek bir büyücüden söz edildiğini duymuşlardı ve ona yaklaşmak istemiyorlardı. Üstelik aşılmaz bir sur gibiydi çöl.

Delikanlı ikinci gün, bütün öğle sonu boyunca çöle baktı. Yüreğini dinledi. Ve çöl de delikanlıyı saran korkuyu dinledi.

İkisi de aynı dili konuşuyorlardı.

+

Üçüncü gün yüce Reis, yüksek rütbeli subaylarını yanına çağırdı.

"Rüzgâra dönüşecek olan şu çocuğa gidip bakalım," dedi Simyacı'ya.

"Gidelim," diye yanıtladı Simyacı.

+

Delikanlı bir gün önce gelmiş olduğu yere götürdü hepsini. Sonra hepsinin oturmasını istedi.

"Biraz vakit alacak," dedi.

"Acelemiz yok," dedi yüce Reis. "Bizler çöl insanlarıyız."

Delikanlı gözlerini ufka dikip bakmaya başladı. Uzakta dağlar, kumullar, kayalıklar; hayatta kalmanın olanaksız olduğu bu yörede yaşamakta direnen bitkiler vardı. Dört bir yanı çöldü: aylar boyu üzerinde yürüdüğü, ama ancak küçük bir bölümünü tanıdığı çöl. Bu küçük parçada, İngilizlere, kervanlara, kabile savaşlarına ve elli bin hurma ağaçlık ve üç yüz kuyuluk bir vahaya rastlamıştı.

"Ne istiyorsun bugün benden?" diye sordu çöl. "Birbirimizi dün yeterince seyretmedik mi?"

"Bir yörende sevdiğim kadın yaşıyor. Bu yüzden en gin kumlarına baktığım zaman onu seyretmiş oluyorum. Onun yanına geri dönmek istiyorum ve rüzgâra dönüşmek için senin yardımına gereksinimim var."

"Aşk nedir?" diye sordu çöl.

"Aşk, şahinin senin kumlarının üstünde uçtuğu zamanki şeydir. Çünkü sen, onun için yeşermiş bir kırsın ve hiçbir zaman avsız dönmedi senden. Senin kayalarını, kumullarını, dağlarını biliyor ve ona karşı cömertsin sen..."

"Şahinin gagası parçalarımı kopartır," dedi çöl. "Avı yıllar boyunca beslerim, sahip olduğum pek az suyla susuzluğunu gideririm, ona yiyeceklerin yerini gösteririm; ve bir gün tam avın okşamalarını kumlarımda hissedeceğim sırada şahin gökyüzünden iner."

"Ama sen de kesinlikle bu son için besleyip büyütürsün avı, diye yanıtladı delikanlı: Şahini beslemek için. Ve şahin de insanı besleyecektir. Ve insan da bir gün senin kumlarını besleyecektir ve oradan yeni bir av doğacaktır. Böyledir dünyanın düzeni."

"Aşk bu mudur?"

"Evet, budur. O, avı şahine, şahini insana ve insanı yeniden çöle dönüştüren şeydir. Kurşunu altına dönüştüren ve altını da toprağın altına gizleyen şeydir."

"Söylediklerini anlamıyorum," dedi çöl.

"Öyleyse hiç olmazsa kumlarının ortasında bir yerde bir kadının beni beklediğini anla. Ve onun bekleyişine karşılık olarak rüzgâra dönüşmek zorundayım."

Çöl bir süre sessiz kaldı.

"Rüzgârın esebilmesi için kumlarımı sana veriyorum. Ama ben tek başıma bir şey yapamam. Rüzgârın da yardımını iste."

Hafif bir esinti başladı. Kabile reisleri, kendilerinden farklı bir dil konuşan delikanlıya uzaktan bakıyorlardı.

Simyacı gülümsüyordu.

Rüzgâr, delikanlının yanına gelip onun yanağını okşadı. Delikanlının, çölle yaptığı konuşmayı duymuştu, çünkü rüzgârlar her zaman her şeyi bilirler. Dünyayı dolaşıp dururlar, ama ne doğum, ne de ölüm yerleri vardır.

"Bana yardım et," dedi delikanlı. "Bir gün sevgilimin sesini duydum sende."

"Çölün ve rüzgârın diliyle konuşmayı kim öğretti sana?"

"Yüreğim," diye yanıtladı delikanlı.

Rüzgârın birçok adı vardı. Buradaki adı Keşişleme idi ve Araplar, onun karaderili insanların yaşadığı suyu bol topraklardan geldiğine inanıyorlardı. Delikanlının geldiği uzak ülkedeki adı Gündoğusu idi, çünkü insanlar onun çölün kumlarını ve Magriplilerin savaş naralarını getirdiğine inanıyorlardı. Belki de başka yerlerde, koyunların otladığı kırlardan uzaklarda insanlar, rüzgârın Endülüs'ten estiğine inanıyorlardı. Ama rüzgâr hiçbir yerden gelmiyor ve hiçbir yere gitmiyordu ve işte bu yüzden de çöl kadar güçlüydü. Bir gün çöle ağaç dikilebilir, dahası çölde koyun beslenebilirdi ama rüzgâra egemen olmanın kesinlikle olanağı yoktu.

"Sen rüzgâr olamazsın," dedi delikanlıya. "Niteliklerimiz farklı."

"Doğru değil. Seninle birlikte dünyayı dolaşırken simyayı öğrendim. Rüzgârlar, çöller, okyanuslar, yıldızlar var bende, evrende yaratılmış ne varsa hepsi bende var. Hepimizi aynı El yaptı ve hepimiz aynı Ruh'a sahibiz. Senin gibi olmak istiyorum, her şeye nüfuz etmek, denizleri aşmak, hazinemi örten kumları kaldırmak ve sevgilimin sesini yanıma getirtmek istiyorum."

"Simyacı'yla yaptığın konuşmayı duydum geçen gün.

Her şeyin kendi Kişisel Menkıbe'si olduğunu söylüyordu. İnsanlar rüzgâra dönüşemez."

"Bana bir süre için rüzgâr olmayı öğret," diye rica etti delikanlı. "İnsanlar ile rüzgârların sınırsız olanaklarını birlikte konuşabilelim."

Rüzgâr meraklıydı ve bu da bilmediği bir şeydi. Bu konuda söyleşmek isterdi ama bir insanı rüzgâra nasıl dönüştürebileceğini bilmiyordu. Ama gene de bir yığın şey biliyordu. Çöller oluşturabiliyor, gemileri batırıyor, ormanları yerle bir ediyor ve türlü türlü müziklerle, tuhaf gürültülerle yankılanan kentlerde dolaşıyordu. Becerisinin sınırsız olduğuna inanıyordu. Ve işte karşısına bir genç çıkmış, kendisinin başka şeyler de yapabileceğini kanıtlamak istiyordu.

"Buna Aşk adı verilir," dedi delikanlı, rüzgârın, isteğini yerine getirmeyi kabul etmek üzere olduğunu görünce. "Sevdiğimiz zaman evrenin bir parçası oluruz. Sevdiğimiz zaman olanları anlamaya gereksinimimiz yoktur, çünkü o zaman olanlar bizim içimizde olur ve insanlar rüzgâra dönüşebilir. Kuşkusuz, rüzgârların onlara yardım etmesi koşuluyla."

Rüzgâr çok gururluydu. Delikanlının söyledikleri onu kışkırttı. Çölün kumlarını savurarak alabildiğine hızla esmeye başladı. Ama bütün dünyayı dolaşmış olmasına karşın, insanı rüzgâra dönüştürmeyi hâlâ beceremediğini sonunda kabul etmek zorunda kalmıştı. Ve Aşk'ın ne olduğunu bilmiyordu.

"Dünyada yaptığım geziler sırasında birçok insanın gökyüzüne bakarak aşktan söz ettiklerini fark ettim," dedi rüzgâr; sınırları olduğunu kabul etmek zorunda kaldığı için öfkeliydi. Belki de en iyisi göğe sormaktı.

"Öyleyse, bana yardım et," diye rica etti delikanlı. "Kör olmadan güneşe bakabilmem için ortalığı tozla sar."

Bunun üzerine rüzgâr daha güçlü esmeye başladı ve

gökyüzü kumla kaplandı: Güneş'in yerinde altın bir kurs vardı yalnızca.

Ordugâhta, ne olup bittiğini anlamak güçleşiyordu. Çöl insanları, Samyeli adı verilen ve denizdeki fırtınadan daha berbat bir şey olan bu rüzgârı çok iyi tanıyorlardı, ama onlar denizi bilmiyorlardı. Atlar kişniyor ve silahlar kumların altında kalmaya başlıyordu.

Kayalıkta, subaylardan biri yüce Reis'e dönüp konuştu:

"Bu kadarla yetinmek belki de daha iyi."

Delikanlıyı şimdiden görmekte güçlük çekiyorlardı. Yüzleri mavi peçeyle tamamen örtülüydü ve gözlerinde yalnızca korku ifadesi vardı.

"Bu işe son verelim," diye üsteledi bir subay.

"Allah'ın büyüklüğünü görmek istiyorum," dedi Reis, sesinde saygı vardı. "İnsanın, rüzgâra dönüşmesini görmek istiyorum."

Ama bu iki korkağın adlarını kafasına yazdı. Rüzgâr kesilir kesilmez komutanlık görevlerinden alacaktı onları. Çünkü çöl insanları korku nedir bilmezlerdi.

"Rüzgâr, bana senin Aşk'ı tanıdığını söyledi," dedi delikanlı Güneş'e. "Aşk'ı biliyorsan, Evrenin Ruhu'nu da biliyorsundur, çünkü o da Aşk'tan yapılmıştır."

"Bulunduğum yerden," diye yanıtladı Güneş, "Evrenin Ruhu'nu görebiliyorum. Benim ruhumla iletişim halindedir ve ikimiz, birlikte, bitkileri büyütüp gölge arayan koyunları yürütürüz. Bulunduğum yerden (ve Dünya'dan çok uzaktayım), sevmeyi öğrendim. Dünya'ya biraz daha yaklaşacak olsam, üzerinde bulunan her şeyin yok olacağını ve Evrenin Ruhu'nun yok olacağını biliyorum. Bu nedenle karşılıklı bakışmakla yetiniyoruz ve birbirimizi seviyoruz: Ben ona hayat ve ısı veriyorum, o da bana yaşama nedeni veriyor."

"Aşk'ın ne olduğunu biliyorsun," diye tekrarladı delikanlı.

"Ve Evrenin Ruhu'nu tanıyorum, çünkü Evren'deki sonsuz yolculuğumuzda uzun uzun konuştuk onunla. En büyük sorununun, şimdiye kadar yalnızca madenlerin ve bitkilerin, her şeyin bir ve tek şey olduğunu anlamış olmaları olduğunu söyledi. Ve bununla birlikte demirin bakıra benzer olması, bakırın altına benzemesi gerekli değil. Her şey, bu biricik şeyin içinde kendi gerçek görevini yerine getirmektedir ve her şeyi yazan El, beşinci gün durmuş olsaydı her şey bir Barış Uyumu olarak kalacaktı.[1]"

"Ama altıncı gün vardı."

"Sen bir bilginsin, çünkü her şeyi belli bir uzaklıktan görüyorsun," dedi delikanlı. "Ama Aşk'ı tanımıyorsun. 'Altıncı gün' olmasaydı insan yaratılmayacaktı; bakır hep bakır olarak ve kurşun hep kurşun olarak kalacaktı. Herkesin kendi Kişisel Menkıbe'si kendine çok doğru, ama bu Kişisel Menkıbe bir gün gerçekleşecek. Öyleyse daha iyi bir şeye dönüşmek ve Evrenin Ruhu gerçekten bir ve tek şey oluncaya kadar yeni bir Kişisel Menkıbe'ye sahip olmak gerekir."

Güneş düşünceye daldı ve daha çok parlamaya başladı. Bu görüşmeyi değerlendiren rüzgâr da Güneş'in delikanlıyı kör etmemesi için daha güçlü esmeye başladı.

"Bunun için simya var," dedi delikanlı. "Her insanın kendi hazinesini arayıp bulması ve daha sonra, daha önceki hayatında olduğundan daha yetkin olmayı istemesi için. Kurşun, dünyanın artık kurşuna gereksinimi kalmayıncaya kadar görevini yerine getirecek; o zaman altına dönüşmesi gerekecek."

1. Eski Ahit'e göre Tanrı insanı altıncı gün yarattı: "Tanrı, 'kendi suretimizde, kendimize benzer insan yaratalım' dedi, 'Denizdeki balıklara, gökteki kuşlara, evcil hayvanlara, sürüngenlere, yeryüzünün tümüne egemen olsun.'" (Eski Ahit, "Yaratılış", 1:26.) (Ç.N.)

"Simyacılar bu dönüşümü gerçekleştirmeyi başarıyor. Olduğumuzdan daha yetkin bir varlık olmaya çalıştığımız zaman, çevremizdeki her şeyin daha iyi olduğunu gösteriyorlar bize."

"Peki, benim Aşk'ı tanımadığımı niçin söylüyorsun?" diye sordu Güneş.

"Çünkü Aşk, ne çöl gibi devinimsiz durmaktan, ne rüzgâr gibi dünyayı dolaşmaktan, ne de senin gibi her şeyi uzaktan görmekten ibarettir. Aşk, Evrenin Ruhu'nu değiştiren ve geliştiren güçtür. İlk kez onun içine girdiğim zaman, onun kusursuz olduğunu sandım. Ama daha sonra onun, yaratılmış olan her şeyin yansıması olduğunu, onun da savaşları ve tutkuları olduğunu gördüm. Evrenin Ruhu'nu bizler besliyoruz ve üzerinde yaşadığımız dünya, bizim daha iyi ya da daha kötü olmamıza göre, daha iyi ya da daha kötü olacaktır. Aşk'ın gücü işte burada işe karışır, çünkü sevdiğimiz zaman, olduğumuzdan daha iyi olmak isteriz her zaman."

"Peki ne istiyorsun benden?" diye sordu güneş.

"Benim rüzgâra dönüşmeme yardım et," diye yanıtladı delikanlı.

"Evren, benim yaratıkların en bilgini olduğumu bilir," dedi Güneş. "Ama seni rüzgâra nasıl dönüştüreceğimi bilmiyorum."

"Öyleyse kime başvurmalıyım?"

Güneş bir süre sustu. Rüzgâr dinliyor ve bilgisinin sınırsız olduğunu bütün dünyaya yayıyordu. Bununla birlikte, Evrenin Dili'ni konuşan delikanlının elinden kurtulamıyordu Güneş.

"Her şeyi yazan El'le konuş," dedi.

Rüzgâr bir sevinç çığlığı attı ve her zamankinden daha güçlü esmeye başladı. Az sonra, kumların üzerine dikilmiş çadırlar yıkıldı ve hayvanlar iplerinden, bukağılarından kurtuldu. Kayanın üzerindeki insanlar, rüzgârda sürüklenmemek için birbirlerine sarıldılar.

Bunun üzerine delikanlı, her şeyi yazmış olan El'e doğru döndü. Ve daha ağzını açıp tek sözcük söylemeden, evrenin sessizleştiğini ve hep böyle sessiz kalacağını hissetti.

Bir sevgi coşkusu fışkırdı yüreğinden ve ağlamaya başladı. Şimdiye kadar hiç yapmadığı bir duaydı bu, çünkü sözcüksüz bir yakarıydı ve hiçbir şey istemiyordu. Koyunlarına bir otlak bulduğu için şükretmiyordu; daha fazla kristal satmak için yakarmıyordu; rastladığı kadının dönüşünü beklemesini dilemiyordu. Oluşan sessizlikte çölün, rüzgârın ve Güneş'in de El'in yazmış olduğu işaretleri aradıklarını, kendi yollarını izlemek ve zümrüt parçasının üzerine kazınmış olan şeyi anlamak istediklerini anladı. Bu işaretlerin Yeryüzü'nde ve Uzay'da dağılmış olduklarını, görünüşte hiçbir varlık nedenleri ve anlamları bulunmadığını; ne çöllerin, ne rüzgârların, ne güneşlerin ve ne de insanların niçin yaratılmış olduklarını bilmediklerini biliyordu. Ama El'in bütün bunlar için bir nedeni vardı ve yalnızca o, bu mucizeleri gerçekleştirebilir, okyanusları çöle ve insanları rüzgâra dönüştürebilirdi. Çünkü bir yüce iradenin, Evren'i, dünyanın yaratılışının altıncı gününün Büyük Yapıt'a dönüştüğü noktaya götürmüş olduğunu yalnızca bu El anlıyordu.

Ve delikanlı, Evrenin Ruhu'na daldı ve Evrenin Ruhu'nun, Tanrı'nın Ruhu'nun parçası olduğunu gördü ve Tanrı'nın Ruhu'nun, kendi ruhu olduğunu gördü.

Samyeli o gün daha önce hiç esmemiş olduğu gibi esti. Kuşaklar boyu Araplar, rüzgâra dönüşen ve çölün en büyük muharip reislerinin savunduğu bir ordugâhı az kalsın yerle bir eden delikanlının efsanesini anlattılar.

Samyeli esmez olunca hepsi delikanlının bulunduğu yere gözlerini çevirdiler. Delikanlı bulunduğu yerde değildi; ordugâhın öteki ucunda nöbet tutan, tepeden tırnağa kumla kaplı bir nöbetçinin yanında duruyordu.

Adamlar büyücülükten müthiş korkmuşlardı. Bununla birlikte iki kişi gülümsüyordu: Birincisi Simyacı idi, çünkü gerçek tilmizini bulmuştu; ikincisi ise yüce Reis'ti, çünkü bu tilmiz, Tanrı'nın yüceliğini anlamıştı.

Ertesi gün Reis, Simyacı ve delikanlıyla vedalaştı ve yanlarına gitmek istedikleri yere kadar kendilerine eşlik edecek bir muhafız takımı verdi.

Bütün bir gün yol aldılar. Akşama doğru bir Kıpti[1] manastırına vardılar. Simyacı, muhafız takımını geri yolladı ve atından indi.

"Bundan sonra sen tek başına gideceksin," dedi. "Piramitlere üç saatlik yol kaldı."

"Şükran," dedi delikanlı. "Bana Evrenin Dili'ni öğrettiniz."

"Çoktandır bilmekte olduğun şeyi sana hatırlatmaktan başka bir şey yapmadım."

Simyacı, manastırın kapısını çaldı. Siyahlar giyinmiş bir keşiş kapıyı açtı. Simyacı ile keşiş aralarında Kıptice konuştular bir süre, sonra Simyacı, delikanlıyı içeri aldı.

"Mutfağı bir süre kullanmama izin vermesini istedim," dedi.

Birlikte manastırın mutfağına gittiler. Simyacı ateş yaktı, keşiş biraz kurşun getirdi; Simyacı kurşunu bir demir kapta eritti. Kurşun iyice sıvılaşınca, şu tuhaf, sarı cam yumurtasını çantasından çıkardı. Bir saç kalınlığında bir katman kazıdı ve bunu balmumuna sardıktan sonra içinde kurşun eriyiği bulunan kaba attı.

1. Eski Mısır halkı; monofizit Kıpti kilisesine bağlı Mısırlı Hıristiyan; Mısır'ın Araplar tarafından fethinden (641) sonra birçok Kıpti'nin, Müslüman olması nedeniyle bu deyim yalnızca Hıristiyanlar için kullanılmaya başlandı. (Ç.N.)

Karışım kan rengini aldı. Simyacı bunun üzerine kabı ateşten alarak soğumaya bıraktı. Bu arada, keşişle kabileler savaşı hakkında konuşmaya başladı.

"Bu savaş devam eder," dedi keşiş.

Keşiş kızgındı. Savaşın sona ermesini bekleyen kervanlar, uzun zamandır El-Gize'ye çakılı kalmışlardı.

"Ama, Allah'ın dediği olur," dedi keşiş.

"Amin," diye yanıtladı Simyacı.

Preparat soğuyunca keşiş ve delikanlı hayranlıkla baktılar: Maden, demir kabın iç çeperlerinde katılaşmıştı, ama artık kurşun değildi. Altın olmuştu.

"Ben de bir gün bunu yapmayı öğrenebilecek miyim acaba?" diye sordu delikanlı.

"Bu benim Kişisel Menkıbe'm, seninki değil," diye yanıtladı Simyacı; "ama bunun mümkün olduğunu sana göstermek istiyordum."

Manastırın kapısına geri döndüler. Simyacı orada kursu, dört parçaya böldü.

"Bu sizin," dedi parçalardan birini keşişe vererek. "Seyyahlara karşı gösterdiğiniz cömertlik için."

"Bu cömertliğimin çok ötesine giden bir şükran ifadesi," dedi keşiş.

"Böyle konuşmayınız. Hayat söylediklerinizi duyabilir ve gelecek sefere daha azını verebilir."

Sonra delikanlının yanına geldi Simyacı.

"Bu da senin. Muhariplerin reisinin elinde kalan altınının karşılığı olarak."

Delikanlı, Simyacı'nın verdiği altının kendi altınından daha fazla olduğunu söyleyecekti ki onun, biraz önce keşişe söylediklerini anımsadı ve hiçbir şey söylemedi.

"Bu da benim," dedi Simyacı. "Çölü geçerek geri dönmek zorundayım ve kabileler arasındaki savaş hâlâ devam ediyor."

Simyacı dördüncü parçayı da keşişe verdi.

"Bu parça da bu çocuk için. İhtiyacı olacak olursa."

"Ama ben hazinemi arayacağım," dedi delikanlı. "Şimdi çok yaklaştım."

"Eminim ki bulacaksın," dedi Simyacı.

"Peki bu ikinci parçayı neden veriyorsunuz?"

"Çünkü, yolculuğun sırasında kazandığın paraları iki kez yitirdin. Birini hırsız, ötekini muhariplerin reisi aldı. Ben, ülkesinin atasözlerine inanan yaşlı ve boş inançlı bir Arap'ım: 'Bir kere olan bir daha asla tekrarlamaz. Amma ve lakin iki kere olan mutlaka üçüncü defa da olacaktır.'"

Atlarına bindiler.

+

"Düşler hakkında sana bir hikâye anlatmak istiyordum," dedi Simyacı.

Delikanlı atını yaklaştırdı.

"Eski Roma'da, İmparator Tiberius zamanında çok iyi yürekli bir adam yaşıyormuş, adamın iki oğlu varmış. Oğullarından biri askere alınmış ve imparatorluğun en uzak eyaletlerinden birine gönderilmiş. Öteki oğul bir şairmiş ve yazdığı güzel şiirlerle Roma'yı büyülüyormuş.

Baba bir gece bir düş görmüş. Bir melek görünüp oğullarından birinin sözlerinin ünleneceğini ve bütün dünyada gelecek kuşaklar tarafından tekrarlanacağını söylemiş. Hayat kendisine karşı cömert davrandığı ve bütün babaların içini gururla dolduracak bazı şeyler kendisine zahir olduğu için yaşlı adam, sevinç gözyaşları içinde uyanmış.

Kısa bir süre sonra bir arabanın tekerleri altında kalıp ezilmek üzere olan bir çocuğu kurtarırken ölmüş yaşlı adam. Bir ömür boyu onurlu ve dürüst davranmış olduğu için de doğruca cennete gitmiş ve orada da düşüne giren meleğe rastlamış.

'İyi bir insandın,' demiş ona melek. 'Sevgi içinde yaşadın ve onurlu bir şekilde öldün. Bugün herhangi bir dileğini yerine getirebilirim.'

'Hayat da bana karşı iyi davrandı,' diye yanıtlamış yaşlı adam. 'Düşüme girdiğin zaman, bütün çabalarımın aklanmış olduğunu anladım. Çünkü oğlumun şiirleri gelecek yüzyıllarda insanların belleğinde kalacaklar. Kendim için herhangi bir dileğim yok; ama çocukken baktığı, delikanlıyken eğittiği evladının ünlenmesinden her baba gurur duyar. Uzak gelecekte, oğlumun sözlerini duymak isterdim.'

Melek, ihtiyarın omzuna dokunmuş ve ikisi birlikte bir uzak geleceğe gitmişler. Karşılarına uçsuz bucaksız bir meydan çıkmış ve bu meydanda insanlar garip bir dil konuşuyorlarmış.

Yaşlı adam sevinçten ağlıyormuş.

'Oğlumun şiirlerinin güzel ve ölümsüz olduğunu biliyordum,' demiş meleğe. 'Bu insanların oğlumun şiirlerinden hangisini okuduklarını söyler misiniz bana?'

Melek, bunun üzerine adama kibar bir şekilde yaklaşmış ve birlikte, o büyük alandaki sıralardan birine oturmuşlar.

'Şair oğlunun şiirleri, Roma'da halk tarafından çok seviliyordu,' demiş melek. 'Herkes bu şiirleri sevip haz alıyordu. Ama Tiberius döneminden sonra unutuldu bu şiirler. Bu insanların tekrarladığı sözler öteki oğlunun, askerin sözleri.'

İhtiyar, meleğe şaşırarak bakmış.

'Oğlun askerlik hizmeti için uzak bir eyalete gitmiş ve orada yüzbaşı olmuştu. O da iyi ve dürüst bir insandı. Bir akşam hizmetkârlarından biri hastalandı ve ölümün eşiğine geldi. Oğlun bu sırada, hastaları iyileştiren bir hahamdan söz edildiğini duymuş ve günlerce onu aramış. Ülkeyi dolaşırken, aradığı kişinin Tanrı'nın oğlu olduğunu öğrenmiş. Onun tarafından iyileştirilmiş başka insanlara rastlamış ve onun düşüncelerini öğrenmiş ve bir Romalı yüzbaşı olarak onun dinini kabul etmiş. Sonunda bir sabah hahamın yanına varmış.

Ona hizmetkârlarından birinin hastalandığını anlatmış. Ve haham onunla birlikte evine gitmeye hazır olduğunu bildirmiş. Ama yüzbaşı bir inanç sahibi olduğu için, çevrede bulunan insanlar ayağa kalkarken hahamın gözlerinin içine bakınca gerçekten de Tanrı'nın Oğlu'nun huzurunda bulunduğunu anlamış.

Bu sözler senin oğlunun sözleri,' demiş melek yaşlı adama. O sırada Hahama söylediği ve bir daha unutulmayan sözler: 'Ya Rab, evime girmeme layık değilim,' dedi, 'Yeter ki bir söz söyle, uşağım iyileşir.'[1]"

Simyacı atını sürdü.

"Kim ve ne olursa olsun," dedi, "yeryüzünde her insan, her zaman, dünya tarihinde başrolü oynar. Ve doğal olarak o bilmez bunu."

Delikanlı gülümsedi. Hayatın, bir çoban için bu kadar önemli olabileceğini hiç düşünmemişti.

"Elveda," dedi Simyacı.

"Elveda," diye yanıtladı delikanlı.

+

Yüreğinin söylediklerini dikkatle dinlemeye çalışarak iki buçuk saat çölde yol aldı. Hazinesinin gizli olduğu yeri ona yüreği söyleyecekti.

"Hazinen neredeyse yüreğin de orada olacak," demişti Simyacı.

Ama yüreği başka şeyler anlatıp duruyordu. İki kez gördüğü bir düşün izinden gitmek için koyunlarından

1. Yeni Ahit, "Matta", 8:8. (Ç.N.)

ayrılan bir çobanın öyküsünü gururla anlatıyordu. Kişisel Menkıbe'den, aynı şeyi yapmış, uzak toprakları ya da kadınları aramaya çıkmış, çağının insanlarıyla, onların düşünceleri ve önyargılarıyla çarpışmış insanlardan söz ediyordu. Yol boyunca, bulgulardan, kitaplardan, büyük kargaşalardan söz etti.

Bir kumula tırmanmaya hazırlanırken işte tam o anda, yüreği kulağına fısıldadı: "Ağlayacağın yere iyi dikkat et; çünkü ben oradayım ve hazinen de oradadır."

Kumulu ağır ağır tırmanmaya başladı. Yıldızlarla dolu gökyüzü yeniden dolunayla aydınlanmıştı: Simyacı'yla birlikte tam bir ay çölde yolculuk yapmışlardı. Ay ışığı, kumulu da aydınlatıyordu; yarattığı gölge oyunu, çöle dalgalı bir deniz görünümü veriyor ve delikanlıya, atının dizginlerini bırakıp Simyacı'ya, onun beklediği işareti verdiği günü anımsatıyordu. Ay ışığı, çölün sessizliğini sarıyor ve hazinelerini arayan insanların yolunu aydınlatıyordu.

Birkaç dakika sonra kumulun tepesine ulaşınca yüreği hopladı. Dolunay ve çölün beyazlığının aydınlattığı piramitler, bütün görkemiyle karşısında yükseliyorlardı.

Dizüstü düşüp ağladı. Kişisel Menkıbe'sine inanmış olduğu, bir gün bir krala, daha sonra da bir tüccara, bir İngiliz'e, bir simyacıya rastladığı için Tanrı'ya şükrediyordu. Ve hepsinden önemlisi, Aşk'ın, bir erkeği Kişisel Menkıbe'sinden asla uzaklaştıramadığını kendisine anlatan bir çöl kadınına rastlamış olduğu için Tanrı'ya şükrediyordu.

Piramitlerin geçmiş yüzyılları, aşağıda, ayakuçlarında duran insanı yukarıdan seyrediyorlardı. İsteseydi, şimdi vahaya geri dönüp Fatima'yla evlenebilir ve basit bir koyun çobanı olarak yaşardı. Çünkü Evrenin Dili'ni bilmesine ve kurşunu altına çevirmeyi bilmesine karşın, çölde yaşıyordu Simyacı. Bilim ve sanatını kimseye ka-

nıtlamak zorunda değildi. Kişisel Menkıbe'sine doğru yol alırken, bilmesi gereken her şeyi öğrenmiş ve yaşamayı hayal ettiği her şeyi yaşamıştı.

Ama işte hazinesine ulaşmıştı ve bir girişim, ancak amacına ulaştığında sona erebilirdi. Kumulun tepesinde ağlamıştı. Yere baktı, gözyaşlarının düştüğü yerde bir bokböceği dolaşıyordu. Çölde yaşadığı süre içinde bokböceklerinin, Mısır'da Tanrı'nın simgesi sayıldıklarını öğrenmişti.

Bu da bir işaretti. Bunun üzerine billuriye tüccarını anımsayarak kumları kazmaya koyuldu: Bir ömür boyu taşları üst üste yığsa da hiç kimse bahçesine piramit dikmeyi başaramazdı.

Belirtilen yeri bütün gece kazdı, ama hiçbir şey bulamadı. Piramitlerin tepesinden onu seyrediyordu yüzyıllar. Ama o vazgeçmiyordu. Kazıyordu, kazdığı kumları çukura geri yollayan rüzgâra karşı savaşarak durmadan kazıyordu. Kolları yorulmuştu, ellerinde yaralar açılmıştı, ama yüreğine inancı sürüyordu. Ve yüreği ona gözyaşlarının düştüğü yeri kazmasını söylemişti.

Birkaç taşı yerinden sökmeye çalışırken birden ayak sesleri duydu. Birkaç adam gelmişti. Ay ışığı arkadan vurduğu için ne yüzlerini, ne de gözlerini görebiliyordu.

"Ne yapıyorsun orada?" diye sordu gelenlerden biri.

Delikanlı yanıtlamadı. Ama korkmuştu. Şimdi topraktan bir hazine çıkarması gerekiyordu, bu nedenden dolayı korkmuştu.

"Biz savaş mültecileriyiz," dedi bir başkası. "Oraya ne sakladığını bilmemiz gerekiyor. Para gerekli bize."

"Bir şey gizlemiyorum," diye yanıtladı delikanlı.

Ama adamlardan biri kolundan tutup çukurdan çıkardı onu. Bir başkası üzerini aramaya koyuldu. Ve sonunda cebindeki altın parçasını buldular.

"Altını var," dedi saldırganlardan biri.

Ay ışığı, üzerini arayan adamın yüzünü aydınlattı ve bu gözlerde ölümü gördü delikanlı.

"Toprağa başka altın saklamış olmalı," dedi bir başkası.

Bunun üzerine toprağı kazmaya zorladılar onu. Sonuç olarak hiçbir şey bulamadığı için dövmeye başladılar delikanlıyı. Güneşin ilk ışıkları belirinceye kadar uzun uzun dövdüler onu. Giysileri lime lime olmuştu, ölümün yaklaştığını hissediyordu.

"Öleceksen, para ne işe yarar? Paranın insanı ölümden kurtardığı pek az görülmüştür." Böyle demişti Simyacı.

Ve yediği yumruklarla şişmiş, yaralı ağzıyla, Mısır piramitlerinin yakınlarına gömülmüş hazineyi iki kez düşünde gördüğünü anlattı saldırganlara.

Reisleri olduğu izlenimi uyandıran adam uzun süre düşündü. Sonra adamlarından biriyle konuştu.

"Adamı bırakabiliriz. Başka bir şeyi yok. Bu altını da çalmış olmalı."

Delikanlı yüzüstü kuma kapaklandı. Haydutların reisi arkadaşlarına bakıyordu. Ama delikanlının gözleri piramitlerin bulunduğu yöne bakıyordu.

"Haydi gidelim," dedi haydutların reisi arkadaşlarına.

Sonra delikanlıya döndü:

"Ölmeyeceksin," dedi. "Yaşayacaksın ve insanın bu kadar budala olmaya hakkı olmadığını da öğreneceksin. Şimdi senin bulunduğun yerde, bundan iki yıl kadar önce, üst üste aynı düşü gördüm. Düşümde İspanya'ya gitmem, çobanların koyunlarıyla birlikte içinde uyudukları, ayin eşyalarının konulduğu, yerde büyümüş bir firavuninciri bulunan yıkık bir köy kilisesi aramam gerektiğini görüyordum; ve bu firavunincirinin dibini kazarsam gizli bir hazine bulacakmışım. Ama sadece aynı düşü iki kez gördüğüm için çölü geçecek kadar budala değilim ben."

Sonra yürüyüp gitti.

Delikanlı güçlükle doğruldu ve bir kez daha piramitlere baktı. Piramitler ona gülümsedi ve o da yüreği neşeyle dolu gülümsedi onlara.

Hazinesini bulmuştu.

Sondeyiş

Delikanlının adı Santiago idi. Akşam olmak üzereyken, terk edilmiş küçük kiliseye geldi. Ayin eşyalarının konulduğu yerde büyümüş bir firavuninciri vardı hâlâ ve yarı yıkık çatısından hâlâ yıldızlar görülebiliyordu. Birinde buraya koyunlarıyla birlikte gelmiş ve düş görmesinin dışında sakin bir gece geçirmiş olduğunu anımsadı.

Şimdi yanında sürüsü yoktu. Ama elinde bir kürek vardı.

Uzun süre gökyüzüne baktı. Sonra heybesinden bir şarap şişesi çıkardı ve şarap içti. Çölde yıldızlara bakıp Simyacı'yla şarap içtiği günü anımsadı. Geçtiği bütün yolları ve Tanrı'nın kendisine hazinenin bulunduğu yeri göstermek için seçtiği tuhaf yöntemi düşündü. Üst üste gördüğü düşlere inanmasaydı, çingeneye, krala, hırsıza rastlamasaydı... "Doğrusu uzun bir liste; ama yol boyunca işaretler vardı ve yanılmam olanaksızdı," diye düşündü.

Farkına varmadan uykuya daldı. Uyandığında güneş çoktan yükselmişti. Hemen firavunincirinin dibini kazmaya başladı. "Yaşlı büyücü," dedi kendi kendine, "her şeyi bal gibi biliyordun. Bu kiliseye geri dönebilmem için biraz altın bile bıraktın. Paçavralar içinde geri döndüğümü görünce katıla katıla güldü keşiş. Sanki bunlardan esirgeyemez miydin beni?"

Rüzgârın kendisini yanıtladığını duydu. "Hayır. Sana bunu söyleseydim, piramitleri görmeyecektin. Piramitler çok güzel, öyle değil mi sence?"

Simyacı'nın sesiydi bu. Gülümsedi ve kazmaya koyuldu. Yarım saat sonra sert bir şeye çarptı kürek. Bir saat sonra önünde eski İspanyol altın parasıyla dolu bir sandık vardı. Ayrıca değerli taşlar, kırmızı ve beyaz tüylerle süslü altın maskeler, pırlanta işlemeli değerli taşlardan yapılmış putlar vardı. Ülkenin uzun süredir artık anımsamadığı ve fatihin, çocuklarına ve torunlarına anlatmayı unuttuğu bir fethin kalıntıları.

Heybesinden Urim ile Tummim'i çıkardı. Taşları ancak bir kez kullanmıştı, bir sabah, bir çarşıda. Hayatında ve yolu üzerinde bir yığın işaretler vardı.

Urim ile Tummim'i altın sandığına koydu. Bir daha hiç rastlamadığı yaşlı kralı anımsattıkları için bu iki taş da hazinesinin parçasıydılar.

"Gerçekte kendi Kişisel Menkıbe'sini yaşayan kimseye karşı hayat cömerttir," diye düşündü.

Ve bunun üzerine Tarifa'ya gitmesi ve bütün bunların onda birini çingene kadına vermesi gerektiğini anımsadı. "Çingeneler nasıl da kurnaz oluyorlar!" dedi kendi kendine. "Belki de çok yolculuk ettikleri için."

Derken rüzgâr esmeye başladı. Gündoğusu'ydu esen, Afrika'dan gelen rüzgâr. Ne çölün kokusunu, ne de Magriplilerin istila tehdidini getirmişti.

Bunun yerine çok iyi tanıdığı bir kokuyu ve usulca gelip dudaklarına konan bir öpücüğün mırıltısını getiriyordu.

Gülümsedi. İlk kez böyle bir şey yapıyordu genç kız.

"Geliyorum Fatima," dedi. "Geliyorum."